the Long Goodbye

分开旅行

陶立夏 著

目录　Contents

the Long Goodbye

分开旅行

自序

我用十三场旅行离开你，我用十三场旅行抵达你。

M：

深夜，3900英尺高空。前往米兰马尔奔撒机场的航班。然后转机前往罗马。

罗马，永恒的城市。我曾在喷泉里留下过愿望。而此刻，你大概还在办公室处理文件吧。等到你发现我和我行李箱已经不见，会是在什么时候?

我没有告诉你，最近开始反复做着相似的梦。在梦中，旅途很长，但我忘记带相机、带胶卷、带行李，并且一而再地找不到你。这是我们在一起的第七年，你开始开玩笑说，当年的少年愁绪都变成了体重。你从来都是寡言的人，从我们最初相识时就是这样。但你的沉默曾让我觉得那么沉稳，想要紧紧握住你的手，然后柴米油盐，朝九晚五，得到你一句承诺，就埋头安心去过一生。

对于你的工作，你只字不提，若我问起，你用一个字回答：“忙。”我总爱说：“有时间，我们去百老汇看歌剧，或者去米兰看《最后的晚餐》。”你依旧只是答：“好。”我希望这不是敷衍，而是肯定。但渐渐，你的沉默里出现太多黯淡不明的东西，你仿佛忘记了那些承诺。

“拖延，即是最严厉的拒绝。”我们的人生中，等待总是多过期待，而没有期盼的等就如同没有灯的荒野。如果你开始忘记光的样子，那一天，你就瞎了。我不想这样，我不愿意我们的故事像世间所有令人扼腕的故事那样，在最关键的时刻以无言收场。

我时常比你先回到家，今天你又在加班。上个周末也是如此，我到了家，想看新闻，发现电视坏了，会自动将音量调至零，好像有人在别处遥控。电话报修，很快来了一个修理工，把电视从墙上取下来，拆开后背。他说是经常不看，所以接收器的接触坏了。

后来我把电视的事情告诉你，还告诉你修理工人讲的故事：不久前就在同一小区，一对夫妻吵架，丈夫一手砸掉了液晶屏，尺寸和我们这台一样。更厉害的是，他们吵架的时候互相砸东西，把家里的所有电器全砸坏了，然后再重新买。

最后，我说："他们一定很相爱，舍得在对方身上花这么多钱。"

你笑了："对，一定很相爱。"你说这话的时候，没有看我的眼睛。我是个时常丢三落四的人，却偏对这样的细节执着一念。

为了庆祝 2009 年的新年，我们一同出去吃饭，你选了最贵的餐厅。晚餐后侍应生送来幸运饼干。我打开我那一枚，里面藏着这样一张签文："你要靠放弃来获得。"当时你正示意侍应生结账，没有留意我将那张纸条偷偷藏进外套口袋。上车后你突然问："你的纸条上写着什么？"

我随意搪塞，说只是无关紧要的话，又问你那枚饼干里的纸条上写了什么。你答："我不喜欢吃甜食，所以根本没有打开。"然后我们看着城市的夜色，陷入沉默。

“这个世界最难的事莫过于在多变的世界里维持不变的关系。”成年人的世界里没有永恒。我害怕人心的无常，我害怕我们之间越来越宽广的距离，我害怕失去你。

“你要靠放弃来获得。”那么，我是否应该用离开的方式，抵达你？

飞机轰鸣着飞进夜色里去，一路向西。放妥手提行李就铺床睡觉，空乘送来拖鞋、洗漱用品、巧克力和果汁，问：“送消夜的时候需要叫醒你吗？”我说：“不，千万不要。”我想要沉睡，想要忘记内心痛楚。迷蒙中，听见餐刀轻微碰撞的声音，让我想起冰冷的手术器械。

但其实凌晨我就醒了。飞机正穿越西西伯利亚上空的剧烈气流，进入欧洲。天际线上有一抹艳丽的红，如无数心事与记忆无声涌动。

舷窗下的地平线上，有一座孤独的小城。这个城市的人们，知道我正擦着他们梦境的边缘经过吗？他们知道黎明就要来了吗？

你，会在原地想念我吗？

那些能找回的东西，从没丢失过。那些丢失了的东西，或许从未真正拥有。

我打开阅读灯开始给你写这封信，我想要告诉你：我爱你，只爱你。但是，我们要暂时分别了。我要一个人去完成你许诺过的旅行，我要为我们两个人，去看一看永恒。

祝，安。

Chapter 01

意大利 瞬间即永恒

我们在爱情里期待永恒，但这世间真的存在永恒不变的东西吗？

许愿池没有忘记

第一次去罗马时才二十三岁，天真得可怕。酷热的 8 月，阳光像热油一样倒下来。这座永恒的城市好像没有树荫，却到处都是古迹，随便找一幢出来都比我老几千岁。走在它们面前，觉得自己像只朝生夕死的蝼蚁。

按地图的指引穿过威尼斯广场，维克多 · 埃曼纽尔二世纪念堂依旧像个“结婚蛋糕”，那白色的奶油像是快要被晒到融化，看着有种甜腻的感觉。

罗马斗兽场就在路的尽头。宽阔的大道，是为了方便当年罗马士兵凯旋时八驾马车齐头并进，这座城市的主题就是征服与朝代更替。我觉得头很晕，在路边贩售地图和明信片的小摊上买了一本小册子，每页都覆一层透明塑料膜，将膜拿开是古迹现在残旧的样子，覆上就还原成当年的富丽堂皇。好像千年的时光，一开一合，就过去了。

因为迷恋《罗马假日》，一点都不怕俗气，兴冲冲去西班牙广场朝圣。结果西班牙广场正在进行维修，塔楼被广告帘幕遮得难觅真容，台阶上当然坐着满满当当的游客。即便如此也没觉得有多少失望，又兴致勃勃

征服与朝代更替，古罗马斗兽场诠释了这座城市的主题

去看罗马许愿池。听说要扔三枚硬币进去，不厌其烦去便利店换硬币。

店主是个年轻人，看着我热切的样子，告诉我说，最后一个愿望一定要是重回罗马，这样就代表你的愿望都能实现，你会回来还愿。

我对着喷泉说："让他爱上我吧，让他爱上我吧，我们一起重回罗马。"

现在我回来了，依旧是一个人。M，我想，我们不应该在自己的愿望里牵涉进别人的意愿，否则神明都不知如何决断。

熟悉的陌生人

米兰到罗马的航班，旅行的旺季已经过去，头等厢里空空荡荡。我把机舱行李放置妥当，远远就看见机舱内除我之外的另一位乘客。他的脸藏在暗影中，深蓝双排扣西装，袖扣在阳光下闪着光。

他转头看向窗外。我拿出宝丽来相机，透过取景框看他。俊朗的轮廓在秋天的蜜色阳光中忽隐忽现，眼角眉梢都已经积下岁月的痕迹。快门响的时候，他回过头来，并没有什么言语，只是礼貌地朝我颔首示意。那是一双蓝色的眼睛。

我回以微笑。他的样子在相纸上缓缓显现，我把相片递给他。"刚才我在想，如果这张照片拍得不好，就不给你了。这机器有三十多年岁了，常常不稳定。"

他接过相片，仔细看过后道谢，然后将照片收进旅行包内。

飞机到达罗马时，我知道他出生在佛罗伦萨，做葡萄酒生意，为料理生意长居罗马。他坚持让自己的司机送我到酒店。说完再见，他突然问："明天早上你有时间吗？我们去看海好不好？"

这次预订的俄国大酒店(Hotel de Russie)在人民广场旁边，离西班牙广场只有一条街的距离。这间肉桂红色的酒店曾是俄国沙皇的行宫，后来又有无数意大利豪门在此观赏城内的盛大活动。我的房间有一个小小的阳台，可以俯瞰教堂与方尖碑。

方尖碑来自埃及，教堂的圣坛前供奉的圣母像出自米开朗琪罗之手。开一瓶气泡酒，看着古老教堂的尖顶消失在金色的烟霞中。罗马，就是这样，奢侈地将所有传奇当作生活的一部分，让世界上所有别的城市黯然失色。

天刚亮，他的车就已经到了，私人游艇就寄放在码头边的船坞内。

清晨时分，我们出海。天空是粉红色的。风吹过我的头发，唇齿间都是地中海的盐香。M，你在哪里，做些什么呢？在你面前的是成堆的文件，还是乏味的工作午餐？此刻我想起你来，因为身处这片古老的海洋，所以我对你的想念也仿佛有千万年那么久长。

意大利人给地中海起了这么多美丽的名字，Ligurian，Tyrrhenian，Adriatic，Ionian。靠近罗马的海是Tyrrhenian，第勒尼安海，而第勒尼安是一个王子的名字。

他说起自己的故事，少年时代遵从父命读了商科，放弃自己的艺术理想。成年后，很早为了家族产业与另一家族的长女结婚，又在父亲因

人民广场上，小贩向女士赠送玫瑰

灰蓝色的地中海

圣彼得大教堂遥远的灯光

病去世后离异。如今，产业规模已经是当初接手时的数十倍，他比父亲还要投入，五年前开始投资酒店产业，大部分时间都与顾问、律师一起度过……

“好像这大半辈子，从没有过真正的生活。”他说。我没有想到，外表这样风光的人，说起自己时会如此悲凉。

或许都是这样，没有人会喜欢自己的命运。

比如说，公元前44年，“神圣的尤利乌斯”恺撒在元老院遇刺，当他看见马可斯·布鲁图斯的脸出现在围攻自己的议员中间时，有没有恨过自己的命运？

比如说，1870年，教皇失去教皇国，正式结束世俗权后退居梵蒂冈城时，有没有感慨过自己的命运？

回到码头时已近正午，船坞前停着两辆车。一辆载他去机场，他要飞南美。另一辆送我回酒店。

“谢谢你的照片，还有这些美好的回忆。”道别的时候他说，“下一站你去哪里？”

“或许往南吧。”我说。

“大海与阳光是人生中最重要的存在，代我好好享受南意大利的海与阳光。”

我说好，然后道别。

离开罗马的前一天晚上，我独自去电影院看了朱塞佩·多纳托雷执导的新片《巴阿里亚》(Baaria)，讲的是发生在西西里岛巴格里亚

(Barberini) 地区的人世浮沉。

回去的途中我让司机绕道梵蒂冈。游人散去后的罗马城又恢复时空未辨的恒久模样，没有人能猜中她重重叠叠的心事。独自站在空阔的广场上，圣彼得大教堂的灯光遥远而悲悯。我闭上眼睛，想起第勒尼安海的波涛。

人生浮浮沉沉，也是这样。

再见罗马，快乐太难，那就让我祝你平安。

末日前的狂欢

从罗马到阿马尔菲海岸的路漫长而曲折，仿佛是蓄谋已久的酝酿。从重重叠叠的帝国旧事走向忘年的地中海，当蓝灰色海洋终于出现在车窗外时，有一种贯穿肺腑的开阔。倨傲的“北方贵族”们常常偷偷跑到南方的这片海域，享受美食、美景、日光浴，然后回到北方，戴上“荆棘的皇冠”继续生活。

而海边的那不勒斯城，像是天堂里一个阴暗的角落，而但丁老早就在《神曲》中暗示，地狱的入口在那不勒斯郊外。

这个城市的历史全写在建筑上了。即便破旧但依然气势恢宏的西班牙建筑中间，是墨索里尼执政期间留下的德式混凝土高楼，战后出现的各式民居又将所有的缝隙填满，接着手法娴熟的涂鸦出现了，它们无孔不入，连教堂的墙壁都不能幸免。但那不勒斯人深信，这是座诞生在美人鱼背脊上的城市。

名为斯帕卡拿波里（Spaccanapoli）的老城区如同迷宫，在新耶稣广场（Piazza del Gesù Nuovo Napoli）上的耶稣教堂（La Chiesa del Gesù）内，那不勒斯人斜靠在商店开放柜台一般的告解厅旁忏悔，就像是和朋友闲聊般随意。将上帝当作邻居，这大概是最虔诚的宗教信仰了。每年，市长都要搭消防梯登上广场高塔的顶端，为圣母玛利亚雕像敬献花束。想担任那不勒斯市长，首要条件大概是不能恐高。

耶稣对面是 Chiostro delle Clarisse 修女院，经历过“二战”的炮火之后，这座以美丽瓷砖画闻名的哥特式修女院逐渐修复。从不与世俗接触的修女依旧生活在高窗后面，却把美丽的花园留给游客。那些瓷砖画闪耀着明亮的黄色，仿佛梵·高的《向日葵》，或许这正是颜料锑黄又叫那不勒斯黄（Naples yellow）的原因。

那不勒斯这处地狱入口应该离天堂很远，但多的是教堂，且风格迥异。

收藏大量大理石雕塑的圣塞维诺（Museo Cappella Sansevero）是我见过最特别的教堂，也是异教传说最多的一个。这都因为它有个性格怪异的主人雷蒙德·迪·桑格罗（Raimondo Di Sangro）王子，这位战士、作家、科学家、炼金术师对生命与艺术有着超越所处时代的理解力，就如同一位 18 世纪的达·芬奇。

他让雕塑师萨马尔蒂诺（Sanmartino）创作了《覆纱的耶稣》，如

那不勒斯，日常与信仰

今这件构思独特、神乎其技的作品放在教堂大厅正中，流血的耶稣被覆在轻纱之下，荆棘的头冠放在脚边。没有人愿意相信这是一件大理石作品，因为纱幔的轻盈与肉身的沉重看来如此真实，甚至连耶稣手掌的伤口也仿佛还在流血。另一件奎尔热罗 (Queirolo) 创作的《幻灭咒》则表现了薄纱下的少女被魔法变成了塑像。人们传言这个王子使用魔法，让真人变成石像。助长这种传言的是教堂侧厅内的人体模型，王子用植物纤维演示了男女的身体结构以及血液循环系统。

我努力想要在那脉络间寻找男女的不同，但是没有。一定是我们的灵魂有差异，所以才有误解。

那不勒斯的午餐当然是比萨。坐在路边的小店里吃比萨，要在五十种比萨中做决定真不是件容易的事情。

窗外是破旧的长巷，挂满各色晾晒衣物，远远能看见一线海。突然有些明白为什么普契尼能在《图兰朵》中把中国江南小调《茉莉花》演绎得如此血腥悲壮、荡气回肠。因为他是意大利人。海这么蓝，花这么红，生活这样多彩，所以意大利人的爱与恨也都浓墨重彩，没有温和的中间路线。

困在天堂里的波西塔诺

然后我继续往南，仿佛海妖的歌声混在海风里飘进了我的耳朵，让我神魂颠倒、不顾一切。

海岸边的波西塔诺(Positano)是座只有五千人的小城，建在面海的山坡上，被蜜一样的艳阳染成柠檬色。无论从哪个角度看，景色都比明信片还要漂亮。我不能想象住在这里的人该如何评价外面的世界，“被困在天堂里”大概就是当地人的生活写照吧。

车驶上依山而建的狭窄小路，右手边突然出现一座深红色的小旅馆，招牌上写着意大利皇宫酒店(Le Sirenuse Hotel)，既可以理解为海妖塞壬，也可以认为是美人鱼。当我拖着行李走进大堂，才发现这是一间俯瞰阿马尔菲海岸线的精品酒店，由私人宅第改建。

运气不错，有房间。钥匙扣是一个黄铜铸成的美人鱼雕像。

蓝灰色的床幔、手工绘制的马赛克地板，从爬满青藤的浴室窗户看出去，可以看见不远处的海岛。书桌对着阳台，我坐下来，想要把这一切都写成文字，寄给你。最后，只有三张空白。

傍晚，在露台的酒吧遇见酒店主人塞尔萨莱(Sersale)先生，他看了看粉红的晚霞，让侍应生为我斟一杯桃味香槟，粉红的泡沫，好像神奇的侍应生刚才没有去吧台，而是去天边采了朵云彩。喝一口，脚步都变得轻飘飘。

老先生刚过完七十岁生日，为了庆祝独自驾车前往土耳其。他谦虚地将自己年轻时的摄影作品挂在地下健身房的墙上，照片中呈现了一个平和寂静的中东。他说那个时候，阿富汗还是个安全宜人的天堂。

波西塔诺的黄昏，海上停满归航的船

爬满藤蔓的餐厅外是波西塔诺的暮色

“你看，什么都会改变。”我说。

他点头表示同意：“唉，那个年代啊！”我们赶紧又喝一大口冰镇的柠檬酒以示怀念。

俯瞰大海的半开放式餐厅拥有两颗米其林星星，穹顶结构的天花板上面爬满了葡萄藤蔓。围栏外，教堂的尖顶仿佛触手可及。市长先生结束了公务匆匆赶来，他说这座教堂每年都会举办一百五十场婚礼，另外一百五十场婚礼则在市政厅举行。最近有人发现教堂下面是古罗马的遗迹，市政府正准备动手修复重建。

“千万别被我们这几个老气沉沉的家伙和漫山遍野的古迹给骗了，波西塔诺也有年轻人的娱乐。”他补充道。城内最热门的酒吧也可能是唯一的酒吧，叫作 Music on the Rock(岩石上的音乐)，这名字听起来好像他们请了美人鱼来做表演嘉宾，事实上酒吧真的就开在海边的岩洞里。

主菜是新鲜的西西里红虾以及全世界最新鲜的水牛奶酪(Buffalo Mozzarella)。还有无数甜点、佐餐酒。

然后月亮升起，月光洒在海面上，照亮了不远处零星的小岛。1953年，美国作家约翰·斯坦贝克曾带着仰慕的语气描写过同一片景色。生命的转瞬即逝，仿佛是为了衬托阿马尔菲的永恒美丽。

我把阳台的门开着，楼下隐约有音乐传来，有人在用曼陀铃演奏《重归苏莲托》。再晚一点，或许还会有更响亮的海妖歌声，而我将依旧不顾一切，跟随而去，俄尔甫斯的金竖琴也会对此无能为力。

卡布里，悬崖上的贵族

当晨光将我唤醒，真有点不敢相信，原来在天堂里时间也会过去。海妖的歌声一定是穿过了我的梦境，用早餐的时候，我看着悬崖下的浪花，决定搭乘渡轮前往海洋深处的卡布里岛。

听说我还没有预订酒店，Sersale 先生向我推荐卡布里宫(Capri Palace)酒店。和我告别的时候，他说："有些风景，一个人看才更漂亮。"我想这一定是经验之谈。

卡布里宫酒店建在安娜卡布里(Anacapri)，它是卡布里高处的意思，主人多米诺(Tornio)特意派了司机到码头接我。

走进他用无数艺术品装点起来的富丽堂皇的建筑，才发现酒店名字中这个"Palace"真是名副其实。但比起那些赫赫有名的现代大师，我更喜欢酒店随处可见的"海绵女生"雕塑系列，雕塑家、画家保罗·沙杜利(Paolo Sandulli)给胖胖的女孩戴上夸张的海绵头饰，可爱得让我想把每一尊雕塑都放进旅行箱据为己有。

了解到我的狂热仰慕，多米诺邀请保罗·沙杜利和他的妻子来卡布里宫酒店和我共进晚餐。保罗解释说，海绵是来自海洋的皇冠，他相信唯有用最廉价朴素的材料，才能还原最本真的内心，而时常出现的浴缸则象征生命源泉。躲在浴缸里，男孩们幻想自己成为将军迎击海盗，女孩们幻想自己成为美人鱼等待王子的船经过。最后，保罗摊着手说："啊，其实，我所有的创作不过是要为大家提供一个逃离世间恐惧之物的契机。"

卡布里宫酒店里陈列的海绵女生雕塑

房间里的欢迎蛋糕

保罗的妻子在旁边会心地点头微笑。她一定是他的灵感源泉，穿一袭绿色的长裙，丰满圆润的身材，尖下巴，墨绿色的大眼睛里闪现着天真的快乐。不知道美丽的她，又想逃避什么。

姗姗来迟的还有酒店的设计师法布丽兹亚·弗雷嘉(Fabrizia Frezza)，她风尘仆仆从罗马赶来，要在卡布里度周末。法布丽兹亚曾与多米诺一起度过五年形影不离的浪漫时光，也是法布丽兹亚说服多米诺对父亲留下的酒店进行彻底改建。在酒店即将为改建而关闭的最后一个礼拜，法布丽兹亚才寻觅到灵感，并在酒店关闭前两天完成了所有设计图。尽管从祖父辈就开始了酒店生意，但法布丽兹亚的理想和多米诺一样，是成为艺术家，并参与了多部电影的场景设计，翻新古老别墅的工作却让她转型成一位室内设计师，最终，卡布里宫酒店的翻修工作又让她成为一名成功的酒店设计师。

当感情走向尽头，法布丽兹亚离开卡布里回到罗马。在经历相继失去双亲的悲痛以及病痛的折磨之后，她和妹妹在那不勒斯经营起自己的酒店，同时也在罗马成立了设计工作室。

“你瞧，我还是回到了酒店业。恋爱、分手。结婚、离婚。”她说，“大概人都是在向着自己的命运亦步亦趋，因为它存在于你的血液之中。”

Capri Palace的每间套房都有名字，我住的那一间叫玛丽莲·梦露。想不到，居然能与梦露同床。法布丽兹亚最喜欢的那间叫玛丽亚·卡拉斯。她爱上船王，但是他在全世界人的目光中娶了美国总统肯尼迪的遗孀。然后她再也无法唱出高音。什么都没有了。

梦露，杰奎琳，卡拉斯。男人将她们串在一起。这三个赢得了全世界仰慕的女人，没能完整地拥有一个属于自己的爱人。

我在露台听卡拉斯唱《为艺术，为爱情》，像是承担了法布丽兹亚的所有心事，她为爱而生的愁绪。他们的爱情从萌芽到盛放，然后凋零，但却因为她的努力，结出了完美的果实。所以后来到达这里的人，只能听着多米诺讲她的故事，他们的故事。

阳台旁边是直达山顶的观光索道，第二天上午，我搭缆车登上山顶最高处，中途在半空中俯瞰卡布里人的生活，他们的院子里种满了栗子、无花果、猕猴桃、石榴与葡萄，全都已经熟透，沉甸甸挂在枝头。

如此丰盛，又如此简单。

山顶可以遥看烟波浩渺的那不勒斯湾，还有卡布里岛边缘那道著名的石拱门。这里的人相信，如果你在驾船经过的那刻许愿，愿望就会实现。

“在天堂里，人们只谈论海洋。”在美景中伤怀，多么徒劳。

中午我乘快艇出海，在海上度过了大半天的时光，什么都不做，只是坐在游艇上晒太阳喝香槟，中途到临海的Il Riccio餐厅吃顿海鲜大餐，顺便见识了下让厨师长甚为激动的巨型龙虾，那是渔夫刚送来的宝贝。卡布里的海是一种带灰色的深蓝，折射着太阳的光线，让人时刻都想纵身跃入。

不，我还不能这样做。我还有很多的景色没有看，这是我对我们的承诺。

从卡布里山顶俯瞰蓝洞，好像整个人置身在神秘深邃的蓝光里

卡布里宫酒店的大厅，都是艺术品

我的卧室以玛丽莲·梦露为名

悬崖边上的餐厅

餐厅下面是闻名遐迩的蓝洞，需要换乘小船才能从狭小的入口进入，洞穴内一片黑暗，海水却因为水底的光线而呈现明亮的蓝色，照亮了礁石上的粉色珊瑚。

船夫们突然唱起歌来，温柔的咏叹调在洞穴里回荡，那场面比意大利三大男高音的演唱会还要感人。

“傍晚时候，带你爱的姑娘来，你们鱼一样在蓝洞里悠游。游人都散了，夕阳最美。”渔夫建议，“对了，你有没有去那个巨石边许愿？到卡布里，可不能错过那个，非常灵验。”

“怎么灵验？”

“上次有个美国来的女士，要求我驾船绕着它走了三圈，因为她有三个愿望。后来，她给我写信，说全实现了！”

“她的愿望是什么？”

“恋爱，结婚，有个孩子。”

我笑了，不知道那块巨石或者巨石中寄居的神明，会不会被这样的祈祷烦到耳朵长茧。

“没关系，我已经把我的愿望丢在罗马的喷水池里了。”我说。

圣美利舍，阳光与风的偏爱

傍晚换上新买的鞋散步去卡布里宫酒店旁的圣·米歇尔 (Villa San Michele) 别墅。这座海拔 372 米的中世纪修道院在悬崖上临风而建，别墅中四散的古老摆设可以追溯至古罗马时代，来自瑞典的医生亚克塞尔·蒙特（Axel Munthe）曾居住在这里，这个为瑞典女王服务的医生悬壶济世，常常为穷人免费治病，也为无家可归的动物提供庇护。他曾说："我的家必须向太阳、风与大海的声音敞开，就像是希腊庙宇。还要光线、光线，到处都要有光！"

圣·米歇尔别墅正是这样符合他要求的理想住所，亚克塞尔·蒙特在这里度过了十四年全是阳光和海洋的时光，直到眼疾让他再也不能承受明亮的阳光。

穿过地中海风格的花园，站在斯芬克斯像边远眺那不勒斯海湾。我想象着如此热爱地中海艳阳的亚克塞尔·蒙特被眼疾推入黑暗时是怎样的心情。如同坠落的伊卡洛斯，他不得不离开意大利回到瑞典。但他也曾说过："灵魂比身体需要更多的空间。"依旧留在卡布里的灵魂带领他在黑暗中写下了传奇的著作《圣美利舍的故事》（*The Story of San Michele*）。

当我们失去，我们还可以靠回忆来拥有。我们也只能如此。但谁又知道，这不是更好的拥有方式？那些失去了的，永不会再失去。

穿越橄榄林

离开卡布里前，我看着意大利地图发呆。酒店前台的礼宾已经三次帮我打电话到意大利航空改签机票。

意大利的版图像一只搁在地中海的高跟长靴，等我回过神来，我已在这只长靴的“脚后跟”部位，沿着海边的公路向南一路飞奔，一片片橄榄林不时掠过车窗。旅游手册上介绍说，这片土地曾经历过古希腊人和西班牙人的统治，而主要城市巴里(Bari)曾经是十字军东征时的重要港口。

但突然出现在路边的景象却颇具墨西哥风情：比人还高的仙人掌中间立着块招牌，上面挂着由熟铁制成的名字：马赛利亚·圣·多美尼克(Masseria San Domenico)。小路两边是茂密的橄榄林，一直蔓延到远处的山脚。那些粗壮扭曲的枝干顺着风势朝陆地方向倾斜着，让人想起那些气候恶劣的严冬，呼啸的海风从亚得里亚海上吹来，使海边的土地成为不毛之地。但这里的居民不愿屈服，他们在海边筑起堤坝，让雨水从山上流淌而下带来泥土与养分，日积月累，海边形成了肥沃的堆积平原，而罗马士兵从以色列带来的橄榄树以顽强的生命力在这片土地上生存了下来，养育了同样顽强的巴里人。如果你运气好，可以在橄榄林中遇见两千多岁的橄榄树，在幼年时期，它曾见证了罗马帝国的繁盛。

马赛利亚·圣·多美尼克的主人梅尔皮尼纳诺(Melpignano)先生说一口标准的英语，只有他轮廓分明的脸和热情坦率的言谈证明他的巴里人身份。我们在圆形穹顶的餐厅里吃着当地的熏肉，他说起这座庄园的历史。庄园背山面海，所有房屋都以浅黄色石块建成，因为地势重要，这里曾是15世纪马耳他骑兵的瞭望台，站在塔台高处的士兵亲眼目睹了西班牙舰队的入侵。后来，这里成为他们家族的度假庄园，他的家族来自邻近城市法萨诺(Fasano)的富裕家庭，世代以家族产业为生。但当产业传到他曾祖父手里时，这位嗜赌的浪荡子在赌桌上输光了家产，包括这座庄园，所以梅尔皮尼纳诺先生到现在还记得自己小时候父亲骑自行车去上班的情景。好在通过祖父和父亲两辈人的努力，终于重新买了自己的房产。而他和姐姐则致力于将这些家族传统继承下来并发扬光大。

他的梦想是将这个家族庄园打造成连锁精品酒店品牌，就在他完成伦敦的金融课程后，马赛利亚 · 圣 · 多美尼克酒店在伦敦的分号也正式诞生。伦敦给他的另一件礼物是一段爱情，而她给他的礼物则是两个孩子。因为还没有结婚，他称她为“我孩子的母亲”。

在这座 18 世纪建造的餐厅里，大厨严格遵照梅尔皮尼纳诺先生母亲的私家食谱烹饪每道菜，土豆青蛤、西红柿肉丸宽面、兔肉炖土豆都有浓郁的家庭味道。屋内的摆设，依旧是当初招待家人和客人时的样子，与他们自己住家风格保持一致：无论到哪里都有宾至如归的感觉。蜗牛到哪里都背着它的壳，高贵的树总要带上泥土一同迁徙。

晚餐前在露台喝鸡尾酒，不远处是蓝光闪烁的泳池，还有几个兴致不减的客人在里面畅游。露台边的橄榄树长得盘根错节，侍应生告诉我，它已经有两千多年的历史。

“哇，它诞生在耶稣的时代！”这个认知让我惊讶不已。

他笑：“是的，确实。”

然后它漂洋过海来到意大利，并在两千年后为我手中的鸡尾酒提供一颗漂亮的青橄榄。从未觉得杯中物会如此五味杂陈，好像这杯中装的并不是酒，而是连绵岁月。

面海的橄榄林

清早被穿过橄榄林的风声和鸟鸣叫醒，我穿过小花园，在墙角成排的自行车中选了一辆。晨风中，骑着自行车穿越橄榄林前往海边。四周寂静一片，空气清新得让我好像第一次意识到空气的存在。灰色的晨曦中，细雨落在亚得里亚海上。世界上所有的景象中，最感伤的莫过于看雨落在海上，甚至连非洲大草原的日落都无法与之抗衡。

柏拉图是看着同一片海才写下了这样的期望吧：愿海水洗去所有的痛苦和悲伤。

阿尔贝罗贝洛，静止的时光

天光大亮时雨也停了，我要去附近叫作阿尔贝罗贝洛（Alberobello）的村落拜访。向导葛洛利娅是本地人，她告诉我每年10月，橄榄由青转黑，采摘的季节到来，全家老小都会到自家橄榄林劳动，摘下的橄榄必须在二十四小时内加工压榨。种植橄榄在过去曾是养家糊口的产业，如今却是亲人欢聚的家族传统。

绕过一座山，远远就看见特别的白色尖顶石头小屋，像雨后的蘑菇似的一丛丛长在山脚。那是阿尔贝罗贝洛人的家，屋顶各种形状的标志就是他们的门牌号。同一家族的兄弟姐妹都会建起与父母家相连的新房子，这样不断拓展，就形成了村落。

走在同样以白色石头铺设的小路上，感觉像走进了幻想世界。很多当地人将自己的家改建成小旅馆，欢迎游客入内参观。要走进这些石屋

Non v'è
nulla
di più
epico
del mare
Walter Benjamin
(1892-1940)
LIGNANO a MARE
PO ... è anche ...
poetico
guido il flâneur
(1946-2046)

写满诗句的台阶

内部，你才会理解它的科学依据：空心的尖顶以及厚厚的白色石块是抵挡酷夏炎热的最佳方案。葛洛利娅还告诉我一个阿尔贝罗贝洛的特有习俗，在这里蜘蛛是代表财富的吉兆，他们会轻触蜘蛛网沾“喜气”。

但是我知道，在这个冬天冷风呼啸、夏天酷热难当的地方，阿尔贝罗贝洛人建造起美丽的村庄，开垦出茂盛的橄榄林，凭借的可不单单是蜘蛛带来的好运气。这大概也是为什么当地人脸上那乐天的神情里总透着坚毅的底色。旅游为这里带来新的收入，但每家每户的后院里依旧保留着榨橄榄油的工具，因为橄榄永远是他们生活的根本。

我们在梅尔皮尼纳诺家族位于橄榄园的农庄午餐，再次领略家族秘密食谱的美妙魅力。在这座被仙人掌和橄榄树包围的白色房子里，我还见到了梅尔皮尼纳诺的姐姐维拉（Viola），她低声吩咐穿枣红色制服的女佣将客厅内的蜡烛全部点亮。农庄不远处，可以看见即将竣工的另一家豪华度假村，同样属于梅尔皮尼纳诺家族产业。

“竣工那天，我要向孩子的母亲求婚。我还没有告诉她，但这是我的求婚礼物，我这些年的心血。你觉得，她会答应吗？”

我端起酒杯，道：“祝你好运！”

阿玛尔菲海岸已让我对海洋有了特殊情感，所以在酒足饭饱之后央求葛洛利娅带我去看看附近最美丽的海，葛洛利娅在几处不可错过的当地美景之间犹豫良久，最后决定带我去波利尼亚诺（Polignano）。宣传画中，巨浪正从悬崖下翻卷而上，直拍峭壁。

“真是惊心动魄啊！”我感慨。

“那里的人们还喜欢写诗，浪漫吧。”葛洛利娅微笑着说。

我们抵达的时候，雨云正在散去，浅黄色的嶙峋峭壁下，海水是宜人的薄荷绿。因为冬天还很远，人们要做的就是享受这片海洋。

海风的侵蚀是细微但无坚不摧的力量，全世界的建筑都无可幸免。但在峭壁上迎风而立的波利尼亚诺城却似乎掌握了战胜其威力的魔法，所有房屋皆以白色石块建成，颇有圣城耶路撒冷的感觉。城内的街道则尽量建得狭窄崎岖，叫海风无从下手。所以蕨类植物和玫瑰在阳台上生长得失去了控制，它们得益于空气中的水汽，却不受狂风的摧残。

漆成白色的台阶上写满了诗句，其中有一首竟然是德裔犹太哲学家本雅明的作品，哲学家的名字旁甚至还注明了他的生卒年份：1892–1940。

而我想到的，是露台边那棵两千年树龄的橄榄树，还有房龙在《人类的故事》中提到的那块巨石：在北方，有一个名叫史维兹乔德的高地，有一座岩石。高一百里，宽一百里，有一只小鸟每隔一千年飞来磨一次它的嘴。待到这座岩石被磨平了，永恒的岁月便过了一天。

在这么漫长的岁月里，我们稍纵即逝的存在是为了什么？我们随肉身消散的情感又有什么意义？

是该回头了。

艾斯岱庄园，关不住忧伤

从巴里机场到米兰，不过一个多小时的航程。而从马尔奔萨机场到科莫湖的那一段距离，几乎可以用“艰难”来形容，度假的米兰人把公路堵得水泄不通。昏昏欲睡，接着有人打开了车门，我看见堂皇漫长的走廊，层层叠叠的水晶吊灯，蓝灰色的丝绒帘幕描着金色花纹望不到尽头，耳边还有若有若无的钢琴声。这是我所有梦境中，最富于贵族气质的一个。

1568 年，建筑师佩莱格里诺 · 佩莱格里尼 (Pellegrino Pellegrini) 为红衣主教多罗美 · 加利奥 (Tolomeo Gallio) 建造了这座堪称建筑与园林典范的别墅，摩洛哥的苏丹曾不远千里而来，只为亲见一下她传说中的美丽。

晚餐是在花园内的餐厅里享用，头盘是手擀的意大利面，加了辣番茄酱和鲜罗勒，有农家菜的淳朴热诚。我问领班，厨师有几颗米其林的星星，他说：“不，没有。”厨师卢西亚诺 · 帕罗拉里 (Luciano Parolari) 和他的团队都是土生土长的当地人，长得颇像阿兰 · 德龙的大师谦逊而热情，他已经为酒店服务了三十多年，酒店著名的花园深处甚至有专门开辟的菜园，供他栽种香料时蔬。这为艾斯岱庄园 (Villa d'Este) 的贵族气质增加了不为世俗所动的超脱气度。

后来朝代更迭，无数达官显贵成为这里的座上宾，其中颇为特别的一位是来自不伦瑞克 (Brunswick) 的英国皇后凯洛琳，她干脆掏钱买下艾斯岱别墅作为自己在欧洲的寓所，用以安慰被不幸婚姻伤透了的心。当初疯王乔治的儿子威尔士亲王接受了凯洛琳的丰厚嫁妆以解燃眉之急，却始终没能接受她。

1814 年，受尽委屈的凯洛琳以年俸 3.5 万英镑为条件离开英国游历欧洲。湖边的暗红色英式建筑以及文艺复兴气息浓郁的花园中随处可见的英国风情就是她逗留期间留下的痕迹。尽管威尔士亲王想尽办法要剥夺凯洛琳的头衔，却因为父亲疯王乔治的突然去世，自己从摄政王变为大英帝国皇帝，也令凯洛琳顺理成章地成为大英帝国皇后。意外获得皇后冠冕一年后，凯洛琳因病去世。

归葬不伦瑞克时凯洛琳的头衔是：大英及爱尔兰联合帝国皇后、不伦瑞克与吕内堡女公爵凯洛琳殿下。但她为自己挑选的墓志铭则只有短短一行："这里长眠着受伤的英国皇后。"

清晨的阳光正越过湖对面的山头一点一点照亮山坡尽头的雕像，在湖边月桂树下吃过早餐，我到科莫镇上散了会儿步。几百年来，时髦的米兰人与世界各地慕名而来的客人就这样度过他们的周末与夏天，可惜如此美景却没能解开凯洛琳的愁肠，她带着一腔忧伤千里归葬。

下午搭乘酒店的游艇到湖上兜风。湖边的每一幢别墅几乎都有个声名显赫的主人，而驾驶游艇的船长则是通晓所有"湖边快讯"的八卦高手。离艾斯岱别墅不远的古老别墅曾属于著名时装设计师詹尼·范思哲 (Gianni Versace)，他在迈阿密遇刺身亡之后，别墅作为遗产的一部分，连同整个时装产业给了妹妹。因为时下的经济危机，别墅刚被出售，将改建为酒店。再过去一点就是好莱坞明星乔治·克鲁尼的别墅，他在拍摄《十一罗汉》时买下了这幢古老别墅，所以电影中最后的场景其实是在他家后院里拍摄的。现在克鲁尼计划买下邻近的另一处别墅，正在与屋主进行热切接洽。乔治·克鲁尼一定很喜欢游艇，因为他的别墅有一个很大的船坞。

晚上 9 点在巨型水母般辉煌的枝形水晶吊灯下享用香槟与鸡尾酒，9 点半开始晚餐，开胃菜、头盘、主菜、甜点，当然还有最好的意大利葡萄酒，来自意大利境内的各个古老酒庄。11 点的时候，穿着白色制服的侍者好似穿越梦境优雅地走来，俯身问道："女士，要一杯浓缩意式咖啡吗？"

噢，为什么不呢？还有湖边的月光舞会在等着我，美酒让餐桌前的陌生人迅速成为朋友，大家已经决定了，只要一听到耳熟的乐曲，就全体起舞。

歌剧里的意大利，和穿在身上的那个意大利不尽相同。尝在唇间的这个意大利与萦绕鼻尖的那个意大利之间，同样存在微妙差别。而重新出现在我面前的这个意大利，向我敞开她热情的怀抱。一个个传说与传奇，拉开了我与现实世界的距离。看着落地玻璃窗上的倒影，我好像第一次能够以局外人的身份旁观自己。

我看见了迷惘，也看见了，挽留的徒劳无益。

艾斯岱庄园闻名遐迩的花园

Chapter 02

伦敦 记忆之城

从荒芜到繁华，学生时代的记忆再次回来。温言暖语，终成冰炭。

不再，记得

舷窗外，夜色如潮水退去，天际线渐渐明晰。液晶屏幕上，看见飞机从北京上空转一个弯，开始朝南飞行。

我起身洗漱，换下睡衣，再向空乘要一杯水。

凌晨，飞机降落浦东国际机场。不知道什么时候又睡着了，降落的时候被空姐大力摇醒，她拿走了被子，又把床变回座椅。我只是呆呆坐着，觉得有点冷，不大记得自己是谁，也想不起要降落哪里。这真是一趟漫长的旅程，仿佛离开了自己。

出闸后埋头疾走，却听见有人喊我的名字，回头，是裴明，我的老板。

老好人裴明，满眼红血丝，想必又为新一季的设计比稿熬了一个通宵，而我作为他的左膀右臂，却被地中海的阳光晒黑了皮肤。有些愧疚地低头朝停车场走，却听见他说："都知道意大利面最美味，你却瘦了。"

路过自动贩售机，买两罐咖啡，递一罐给他："将就着喝吧。"

他看着我手里的旅行袋问："没有寄舱行李？"我只是摇头。

摇下车窗，发觉已经是秋天了，尽管空气里的热度还在，但夏天变秋天的那个瞬间，阳光和空气的味道都会变化。

"老大。"我一边拂开被风吹乱的头发，一边说，"我想休假。"

裴明果然有做老板的才干，好像我并不是刚刚休假回来，而是刚和他谈完一大笔生意回来，名正言顺等领赏。他一边注视路况，一边说："好，只要记得回来就好。"

这下换我不好意思了："走之前，我会把下一季的设计全部定稿。"

他笑了："还有件事，休假之前，你帮我走一趟。"他示意我打开储物箱，里面有只米色信封。

"马球赛，你自己不去？"

"佳敏要我陪她去热带岛屿，她觉得夏天不够长。"

佳敏是裴明的未婚妻，因为平时总迁就他的忙碌，所以难得提出的要求，总是不容拒绝。我把邀请函放进旅行袋，顺便拿出免税商店买的香水："给佳敏的礼物，有空一起吃饭。"

裴明将车停在楼下："好好休息，回头我让助理把机票和酒店预订信息给你。"

M 已经去上班，我开了冰箱找瓶装水喝，却发现冰箱里所有的东西都是过期的：牛奶、咖啡、速冻食品、水果。

电话在这个时候响起来，是 M。

他说："回来了？"回来了，就好像什么都不曾发生过。

但从厨房走到客厅，又走到卧室，好像身体里却只有半边灵魂，另外半边尚远游未归。去便利店买些简单的蔬菜和微波食物，将冰箱填满，做一顿简单的晚餐等 M 下班。他却到半夜 12 点才回来。

迷蒙之中，听见他说："新接下一间商铺和附设的办公空间，有两千平方米，却只给两个星期的设计周期。一干人忙得昏天黑地。”他的体温如夜色将我包裹，那一刻我想起那不勒斯湾的粼粼波光。再紧的拥抱都无法消弭这数千公里的距离。

收拾行李是容易的事情，出发也很容易，但寻找到答案并不容易。那些离我们而去的人，并不会突然消失不见，他们只是渐行渐远，就如同桌面上逐渐干涸的水渍。

清晨5时16分醒来，神智昏沉却怎么也睡不着。我知道，新的一期失眠季到了，好像每次季节变化就会这样。看着M在黑暗中兀自沉睡，不知道他的梦境是怎样的世界。

轻手轻脚起床做皮蛋瘦肉粥，另一边炉灶炖银耳木瓜。以前这样的时候会有许多旧事可以想，但今天什么都不再记得。看来是到了火候。

回忆之城

裴明的助理和裴明本人一样体贴，或者一切都是他的指示。

到伦敦的时候，距离马球赛开始还有两天时间，可以用来倒时差或者闲逛。

我和M是在伦敦相识的，他在AA读建筑，我则在艺术大学学服装设计。要约会，又要赶作业，好像一天二十四小时的时间完全不够用。重回伦敦，早已经不复当年情怀，只是觉得大把时间不知如何打发，干脆选择做个标准游客搭乘观光船游览泰晤士河。这条河目睹过罗马人的入侵、伊丽莎白一世的舰队，以及全世界来这里淘金的商船。它就像一把标尺，你可以用它来衡量整个世界的改变。

懂了泰晤士河，就懂了伦敦。懂了伦敦，即是懂了人世的悲欢离合。

从西敏寺桥北侧的千禧眼出发，经过金禧 (Golden Jubilee) 桥、滑铁卢桥、千禧桥、伦敦桥、伦敦塔桥，然后在圣凯瑟琳码头掉头。这段旅程几乎囊括了伦敦大部分“名胜古迹”。看清这城市的表面只要短短三十分钟，要接近她古老深沉的灵魂，不知三十年够不够。

从泰晤士河浏览她模糊的侧影，反而是那些过去如此鲜明，历历在目。玫瑰战争打了整整三十二年，疯王乔治曾经清醒了三十年，亨利八世有过六个妻子，伊丽莎白一世以威尼斯白粉敷面，走向都铎王朝最后的辉煌。那样精彩曲折的人生，现在讲来也不过只字片语。或许，我们都不应该把此刻的愁肠看得太重。

回程的时候变了天，浓云四合，雨水随时要倾盆而下。比起冷雨迷雾，更叫我印象深刻的其实是伦敦春天的大风，刮起来不知道止息，让人以为英伦三岛会就这样被吹走。从前喜欢沿着泰晤士河散步，从住处不远的巴特西 (Battersea) 桥走到大本钟的时候，拿出手表来校对时间，游客已经纷纷出动，在大风里拍照，看地图。不太喜欢议会大厦门廊上那些狮子雕像，如同风干的化石，表情里有惊惧且悲怆的味道。

M 总喜欢说，若从建筑角度出发，现在这个伦敦不是女王的，不是首相的，而是克里斯托弗 · 莱恩爵士的。千禧桥前的白色圣保罗教堂在灰黄色建筑群中显得分外醒目，这不仅是莱恩爵士诸多杰作之一，也是英国唯一的文艺复兴风格天主教堂。英国政府规定泰晤士河畔所有建筑都不可以遮挡圣保罗教堂，所以教堂南侧的大楼使用了全透明的玻璃结构。

唯一可与克里斯托弗·莱恩爵士相提并论的建筑师是曾设计瑞士再保险总部大厦和伦敦市政厅的诺曼·福斯特，他仿佛是现代版的克里斯托弗·莱恩，正以自己特征明显的曲线形设计塑造着整个伦敦市的新风格。这两位“城市造型师”终于在 1996 年跨越时间相逢，展开决斗。

为纪念 21 世纪的到来，伦敦想让福斯特在金融城兴建欧洲最高建筑“千年大厦”。最后获胜的是克里斯托弗·莱恩，为了不遮挡圣保罗大教堂的光华，建造千年大厦的计划最终取消。不过，来日方长，莱恩有的是资历，福斯特有的是时间。谁知道伦敦人的品位又会在下一秒有什么戏剧化的改变？隔着泰晤士河遥遥相望的“千禧眼”就是证明，原本只为庆祝千禧年而建造的临时建筑，命运却在最后一刻转折。如今它已经紧跟巴黎迪斯尼乐园之后，成为全欧洲第二受欢迎的收费游览项目。许多从善如流的“现代派”甚至乐观地认为伦敦市民将会像挑剔的巴黎人爱上埃菲尔铁塔一样，最终爱上这座摩天轮。

千禧眼看着伦敦阴沉的天色

伦敦，似乎总是下雨

演出永不停止

司机爱德华在伦敦水族馆边等我，送我到伦敦西区的梅费尔(Mayfair)吃午饭。因为伦敦时装周的缘故，大街上时常能见到高且瘦的漂亮年轻人，穿五镑一件的烂T恤都漂亮悦目，在人群中出众得像鹤。

对所有爱好购物的人来说，伦敦西区这片被花园道、摄政街、牛津街与邦德街包围的区域无疑是潮流圣地。皇家艺术学院的学生们坐在台阶上抽烟，我曾经是他们中的一员，但如今想来，这样的日子仿佛是前世。

他们左手边是伯灵顿拱廊(Burlington Arcade)，全英国最长的购物走廊，右手不远处即是绅士行头的发源地萨维尔街(Savile Row)。萨维尔街1号曾经是皇家地理协会所在地，如今成了吉凡克斯(Gieves & Hawkes)的店铺。1969年甲壳虫乐队演唱会在隔壁的3号举行，中途被警察以扰民为由打断，随后列侬遭遇刺杀，这也成为甲壳虫乐队的绝唱。

既然是帮老板跑腿，自然不能忘记工作本分，计划去牛津街看看当季的橱窗和新款时装。1909年，美国人戈登·哈利·塞尔弗里奇(Gordon H.Selfridge)在牛津街上开了整条街上最大的百货商店塞尔弗里奇，那句服务业名言“顾客永远是对的”也随明黄色购物袋流传四海。摄政街上那些灰色的花岗岩建筑，在浓云密布的天色下显出颓败的面容，伴着深秋的落叶与穿堂风，几乎有凄怆的意味。为了让这条长街重拾繁华，七千万英镑被用于整条街的翻新工程，于2012年伦敦奥运会举办前完成，之后，摄政街与牛津街交会处就出现“东京式”的十字路口，即行

Mayfair 有她独特的气质

THE MUSICAL PHENOMENON
QUEENS
Les Misérables
COSTA
global express parcels

人可向各个方向通行。现代化的苹果电脑专卖店斜对面，是我自岿然不动的著名时尚概念百货商店 Liberty（英国自由百货），新与旧，就隔着一条街道相望。

川久保铃选择将自己的店开在多佛街 (Dover Street)，而山本耀司的伦敦专卖店就在下一个路口。爱八卦的人可以从这样的安排里联想到诸多前尘旧事。看过梅森 · 马丁 · 马吉拉 (Maison Martin Margiela) 的新橱窗，我到 Conduit 9 号（康迪街 9 号）的 Sketch 餐厅吃一顿城内最潮的午饭来与之匹配。和伦敦很多高级俱乐部一样，这里实行会员制，好在朗廷酒店 (Langham Hotel,London) 无所不能的礼宾部已经为我订妥了座位。

餐厅外墙上垂直站立着只猎犬，像是随时要朝你俯冲过来。“Eat music,drink art（品尝音乐，畅饮艺术）”是这里的座右铭。穆拉德 · 马祖斯 (Mourad Mazouz) 因摄政街上的北非餐厅 Momo 声名鹊起之后，又与传奇大师皮耶 · 加尼叶 (Pierre Gagnaire) 一起，将巴黎米其林三星餐厅的菜单搬了过来，在伦敦市中心这栋 18 世纪的老建筑里刮起了“新法式主义”风暴。餐厅走廊昏暗幽深，穿着旧式女佣服的侍应生接过我的外套与购物袋。餐厅各处散布着大胆前卫的艺术品，摆在衣帽间对面的雕塑是一对正在交媾的猎犬。楼梯也同样充满当代艺术的直白与粗鲁，凝固血浆一般的暗红色油漆正无声地流淌下来。

坐在米其林两星餐厅 The Lecture Room 内靠窗的位置上，俊美的侍应生端出茶具来，是来自圣彼得堡的骨瓷，描着金线与宝蓝色花纹。接着是开胃甜点，层层叠叠的餐盘中出现了无花果配蓝莓酱，我忐忑的心这时才稍稍放松下来。

经过一顿如此惊心动魄的午餐，对淑女们来说，康诺饭店(Connaught Hotel)的英式下午茶点是最后的缓冲剂，绅士们可以到登喜路之家(Dunhill Home)理发、抽雪茄。

我选择用古典艺术抚平"内心悸动"。沿着摄政街步行回特拉法尔加广场，干草市场(Haymarket)街上的女王陛下(Her Majesty)剧院依旧在上演韦伯的经典音乐剧《歌剧魅影》。我很喜欢那个神出鬼没的面具男，他那双白皙修长的手比戴着面具的脸还要有表情。躲在黑暗中听他高歌，觉得他像深海中的剧毒水母，闪闪发光、柔情似水，却可能致命。

路过水石(Waterstones)书店，进去买一本*The end of the affair*，兰登书屋的vintage版本。书页泛黄，字体偏小。

开篇第一句话这样写：A story has no beginning or end...

一个故事无始亦无终……

记忆的旧城

再往前，就是特拉法尔加广场。

特拉法尔加广场是伦敦金融城(City of London)的中心，得名于特拉法尔加海战，在这次帆船时代最大的海战中，英国人战胜了法国和西班牙联合舰队。站立在五十六米高的圆柱顶端的正是指挥这场战争的尼尔森。而游客们则把在广场上喂鸽子当作保留活动，终于看不下去的伦敦市政府派出猎鹰，才终于使这片广场恢复了纪念地标的尊严。另一件有意义的事情是，为纪念挪威人在“二战”中对英国的帮助，每年圣诞节庆祝的时候，矗立在特拉法尔加广场上的圣诞树必定得是棵挪威枞树。

特拉法尔加广场边的国家美术馆是一座堂皇的避难所，几乎所有曾出现在美术教科书中的作品都可以在这里看见原作。我最喜欢这里的约翰内斯·维米尔(Johannes Vermeer)，印象派展馆中总是人潮涌动，因为这里常年展出凡·高的《向日葵》与莫奈的《睡莲池》。如今印象派的作品数量大增，莫奈的隔壁多了很多修拉，我认得那张《阿斯尼埃尔的沐浴》，但我却已经不喜欢这个流派了。

国家美术馆和伦敦其他美术馆、博物馆一样免费开放。这是个依旧存在着阶层的城市，生活着皇室、贵族与平民，连超市购物袋都能泄露你的收入和身份。但最珍贵的东西又往往是免费的，或许这正是“无价”一词的本义。

伦敦最驰名的博物馆当然是大英博物馆，它的宣传口号是“一个屋檐下看遍世界”。馆内我最喜欢的展品不是希腊雕塑而是埃及木乃伊。当初马克思埋头苦读的图书馆已经搬走，留下个空壳做摆设。《掷铁饼者》的复制品就站在大厅楼梯转角上，那么俊美的人却断了一根手指，一如维纳斯有种残缺美。

近代中国史中，英国人的野蛮掠夺叫人齿冷，所以我对大英博物馆其实并无多少兴趣。但博物馆边的布卢姆茨伯利(Bloomsbury)街区却值得一逛。这里有弗吉尼亚·伍尔夫的旧居，是“Bloomsbury（布卢姆茨伯利）派”的发源地，据说电影《时时刻刻》(Hours) 有一部分场景就是在此地拍摄。如今它成了伦敦大学的房产，不知从这里走出去的学生中有多少沾了灵气，妙手写文章，仗笔走天涯。

而我的笔记本里，至今珍藏着 M 在布卢姆茨伯利街区拍的那张照片。那是他离开伦敦前拍的最后一张照片。那时候他正忙着毕业设计，公寓墙上贴着回国倒计时的表格。

走出国家美术馆，时间尚早，决定前往肯辛顿区怀旧。

肯辛顿宫曾是威尔士王妃戴安娜的住所，17 世纪以来，这片地产就属于英国皇室。位于肯辛顿大街与诺丁山之间的肯辛顿宫公园被称为“亿万富翁的林荫大道”，2005 年，英国首富、钢铁大亨拉克希米 · 米塔尔 (Lakshmi Mittal) 支付七千万英镑买下了这里的两个联排单位，使得肯辛顿宫公园的 18 号与 19 号成为全世界最贵的房产。但要体验肯辛顿区的魅力，你也可以分文不花。

靠近海德公园的区域汇集了三家博物馆，维多利亚和阿尔伯特博物馆 (Victoria and Albert Museum)、自然历史博物馆与科学博物馆，它们是 1851 年万国博览会的产物。几乎每个英国小孩都去自然历史博物馆看过大厅内的那具恐龙骨架，也是在那里认识了一个叫达尔文的老头子。我喜欢的是 V&A 博物馆，如果大而全的大英博物馆旨在“炫耀”，那么小而精的 V&A 专为“欣赏”而存在。那里有最丰富的中世纪艺术收藏，而且定期举办当代艺术主题的展览，薇薇安 · 韦斯特伍德 (Vivienne Westwood) 就曾是座上宾。这里还藏有大量威廉 · 莫里斯

伦敦生活的魅力之一是生活的细节

旅途中随身携带的笔记本

海德公园边的酒店房间，清晨能听见皇家卫队的马蹄声

(William Morris)的作品，他是我最偏爱的设计师，其设计曾影响了近代英国社会的审美品位。

结束了一天的漫游，重新回到摄政街上，藏在街旁的朗廷酒店如同世外桃源。最新的一次翻修共花费了八千万英镑，领我到房间的服务生骄傲地介绍着这笔庞大花费带来的新气象："你可以看到，感觉到，听到……"

"以及闻到。"我补充说。他笑了。

事实确实如此。空气里弥漫着皇室香氛品牌潘海利根(Penhaligon's)的招牌香气，为整个酒店蒙上一层轻盈而雅致的玫瑰灰色。沿着长长的走廊，路过的每一扇门后面都有过传奇。

阿瑟·柯南·道尔在这里撰写福尔摩斯的冒险，拿破仑三世将这里当作他客居伦敦时的行宫，丘吉尔在这里主持"二战"大局，奥斯卡·王尔德在这里说："没有危险倾向的想法不配被称为想法。"朗廷酒店开出的最大额账单应该属于温莎公爵，他在这里与辛普森夫人初次相遇。为了这次相逢，他付出了整个大英帝国的代价。

以"观看白金汉宫卫队换岗"为由，我又搬到海德公园角上的瑞吉酒店。

海德公园角大概是世界上最繁忙拥挤的转角，两百年来一直深受交通拥堵的困扰，因为它是自西侧进入伦敦市区的咽喉要道。1885年，惠灵顿拱门不得不因为交通问题而迁移到现在的位置。这倒成全了瑞吉酒店的住客：清晨可以观赏到皇室骑兵卫队盛装穿越拱门。这家瑞吉酒店曾经是圣詹姆斯医院，很多在这里出生的孩子为重温旧梦而成为这里的住客。成为医院之前，这里还曾是私人住宅，当年没有电梯，所以主人都住在楼下，佣人住楼上，因此底楼的房间层高明显高于高层的房间。

为瑞吉工作多年的新加坡女孩安妮在欢迎我的时候说："在这里，服务的艺术是掩藏的艺术。"我看着从古董书架内缓缓升起的液晶电视，开始对这条法则有了直观感受。所有的开关、控制器都被藏进床边抽屉内那块小小的电子触摸控制屏中。躺在高高的四柱大床上调校那块蓝色电子屏，直到房间的温度、光线完全符合要求，那感觉仿佛置身《神秘博士》(*Doctor Who*)剧集。如果我能像博士一样时间旅行，我该去哪里呢？狄更斯早已经说过：这是最好的时代，也是最坏的时代。

伦敦马球赛

我置身2009年的伦敦，难道还有更好的选择吗？于是我给管家弗吉(Fugi)打了个电话，十分钟后，描着花纹的香槟酒杯以及丝质拖鞋就被放在银托盘上送过来了。

电话响，是马球赛组织方和我确认司机来接的时间，并确认我会参加周日下午举办的国际杯马球比赛与女子公开赛。挂上电话，看着邀请函上England VS Commonwealth(英格兰队对阵英联邦)的字样，心想天底下还有什么国家能组成这样的队伍。

司机理查德穿着灰色细条纹双排扣西装，他驾驶的黑色宾利内部却是新鲜黄油般的嫩黄色。同车的米兰人卢克是位音乐评论家，他刚去拜访过弗朗西斯·培根的故居，而我很喜欢卢西安·弗洛伊德的作品。他带着赞叹的语气不断说："我真仰慕英国人的生活方式，他们的穿衣打扮，你看这些颜色，真是太棒了！"我从没见过一个来自意大利北方城市的人如此夸赞他国人民的品位。

经过绿色的哈默史密斯（Hammersmith）桥，就算正式离开伦敦市的"荣华富贵"了。车稳稳驶入英格兰迷人的乡野，羊群、绿树、小屋，那种闲适与开阔，让我的呼吸也变得轻松起来。仿佛回到简·奥斯丁小说中的时代，人们喝茶聊八卦，欢度余生。

比赛在伦敦郊外的考德雷（Cowdray）公园举行，这片公园属于考德雷子爵及其家族所有，赛场不远处就是考德雷家族的城堡。英国的上流社会绝少出席公众活动，私人俱乐部、沙龙、管家，这个有闲阶级和他们背后的专业人士创造了独一无二的贵族文化。而马球运动，正是这一传统在现代社会的延续。

比赛开始前，大家一边啜饮血腥玛丽，一边闲聊。曾经是专业马球队员的凯瑟琳在香港生活过多年，她的大女儿今年十二岁，已经是个马球好手，她还告诉我考德雷子爵十六岁的女儿在队员受伤的情况下，已经作为替补队员参加了此届英国女子公开赛，这是她的第一场正式比赛。

我偷偷恶补了一下马球规则。简单来说，比赛双方各有四名队员，

1 号与 2 号为前锋，3 号为中场，4 号为后卫，其中 3 号位置关键，所以选手也常常是全队技术最优秀的选手。比赛用的马都是血统高贵的赛马，而每名队员必须准备四匹马（这也是马球属于贵族运动的原因）。比赛分为四节(chukka)，每节七分钟，中间休息三分钟。而中场休息则延长为五分钟，这时观众可以走到场内踩平球杆造成的凹洞，让草皮恢复原状，这不仅是很好的互动，更能保护马匹安全。

对于行家来说，马球赛的魅力在于速度与战略，以及骑士风度。对于我这个门外汉来说，马球赛的魅力在于那些俊美的马和这些高雅的观众。

最后英格兰队以半分之差输给英联邦队，瑞吉酒店的 Paul 作出扼腕的样子："发奖杯的时候，我可得好好为难一下英格兰队！"不过好像并没有人真正关心比赛的结果，大家为冠军欢呼，也为亚军鼓掌，然后回到帐篷里享用芬芳的招牌兰斯伯瑞(Lanesborough)下午茶，它的全套银餐具与茶具都从伦敦运来。

米兰人卢克继续用激赏的眼神观察着在座的英国绅士与淑女们，我也加入他的行列。不得不承认，英伦范儿一直是时尚潮流中的"上品"，粉色衬衫、绿色裤子加红色三节拼接皮鞋，这样的搭配实在需要超常的想象力以及多年积累的功力。在我这个只敢穿黑与白的懒人看来，即便是地道伦敦人，他们超凡入圣的独特品位也可以说是命悬一线，常常只与怪诞粗鄙隔着薄薄一层窗户纸，叫局外人看着手心出汗。

英格兰乡间静谧一如往昔

马球比赛

场内场外，人与马都全神贯注

人生若只如初见

回酒店的路上，司机理查德听说我曾在巴特西(Battersea)住过，特意从那里绕道，让我看了一眼夕阳下的阿尔伯特(Albert)桥，依旧是秀气的粉红和浅蓝。刹那间以为这四年根本没有过去，我还是当年那个学生——很年轻，很穷，很乐观；在一个又一个免费的美术馆里打发周末时光，枕着参考书能一觉熟睡到天亮。心下一阵抽痛。

M，我想就这样推开车门，向巴特西公园的方向飞奔，好像你还会在那间公寓里等我，开门来，为我泡一杯茶，为我拂开这些年落在我眉眼上的风霜。

理查德在这个时候说："堵车了，我们要绕道。"

周末的傍晚，伦敦的各条大街都拥挤得水泄不通，最后，我被困在贝斯沃特(Bayswater)街的车流中，大理石拱门(Marble Arch)遥遥在望，右手边是初秋的海德公园。大家都在树荫下野餐，宠物狗互相追逐。塑胶的飞盘在空中呼呼作响，有个扎两条小辫的红头发女孩子踮起脚尖去抓，露出鼓鼓的小肚腩，但是那飞碟却擦着她的指尖飞过去了。我百无聊赖地看着一位街头画家向路过的行人推销自己的一组油画，灰色基调，抽象的几何图案。

如此热闹景象，让人几乎忘记英国正遭遇"二战"以来最严重的经济衰退，伊丽莎白二世在纸钞和硬币上渐渐衰老了，日不落的辉煌早已经过去。作为全球最大的欧元美金离岸中心，这片国际金融家的乐土与战场，像悬在欧洲大陆体外的心脏，逐渐失却它强大的脉搏。

或许，消亡是一件缓慢的事，我们都不该匆忙地去做。比如烛火的熄灭，比如感情的冷却。在逐渐升起来的暮色中，想起伦敦所代表的那个大英帝国，她的伟大、荣耀与失落。背负这么多前尘往事，也难怪这城市时常有张沉思而阴郁的面容。亨利·詹姆斯在《英国风情》中写道："只有那些热情的朝拜者、茫然的外国人和其他剥夺了特权的人们，才能欣赏这个令人赞叹的国家的'特点'。"

一切美好都谢幕

离开伦敦的前一天，到伦敦西区的女王陛下(Her Majestic)剧院看《歌剧魅影》，我想，演员们早已不是当年的那一批了吧。我右手边的棕发女子，带着三个孩子来看。散场的时候，她一直在哭，三个孩子站在黑暗里乖巧安静地等。

但是我没有留下来陪她一起哭，而是趁着天色尚早，搭红色双层巴士回酒店去。

2004年1月13日，那是我第一次到伦敦的日子，饥肠辘辘的我在利物浦街(Liverpool Street)地铁站旁的食品超市买了一瓶冰冻矿泉水和一个甜面包圈。

2004年9月14日上午，依旧是饥肠辘辘的我在卢塞尔广场(Russel Square)地铁站买了一张去往希斯罗机场的单程票。拉着行李箱走出电梯的时候，一个年轻人过来帮忙。他绿色的眼睛，是那天阴霾的伦敦天空下，我记得的最后的颜色。

曾厌恶过这座城市里静止得仿佛永世不变的空气，干净得没有人的气息。多年以后再拜访她，发现她依旧是初见时的模样，竟然觉得像见到多年的好友一般安稳。

只是我，这一路从欢喜到哀伤，很多事情也随之谢幕。

伦敦，是下在我生命中的一场豪雨，但终有一天，会在我记忆里渐渐止息。而我的心，也总会有一小部分留在了那里，在一杯伯爵茶的香气里，守候一个个潮湿阴霾的早晨，和一段美好年华的邂逅。

伦敦的街道总是那么忙碌

Chapter 03

北德 你喜欢勃拉姆斯吗?

再往北就是秋天了。我去北德拜访勃拉姆斯，还有他对克拉拉无望的爱情。

北德之秋

马球赛结束后的次日清晨，酒店的车穿过骑士桥的人群，将我送到滑铁卢火车站。白色信封里，是一张前往比利时的火车票，我将从布鲁塞尔，转道汉堡。

打电话向裴明告假，他在电话里说："设计稿已经收到，照顾好你自己。"

在挂上电话前，我问："你喜欢勃拉姆斯吗？我去北德拜访勃拉姆斯，还有他对克拉拉无望的爱情。"

裴明笑："我有好几十口人要养活，大概没有这样的闲情。"

在挂上电话前，他用欲言又止的语气说："如果可以，早点回来……"

真奇怪，要我早点回去的总是别人，而不是 M。

再往北，就是秋天了。

记忆中的北德就像一首间奏曲。严谨的平衡里藏着微妙的渐变，和车窗外快速掠过的风景一起，不知什么时候换了主题。

而秋天总是很漫长。夏天已经过了，冬天还没有来。湖光闪烁，树林是层叠的红与黄，明亮得如同着了火。在这片临近波罗的海的地方，

北去的火车，逐渐看见海

我选择搭乘火车，去会见勃拉姆斯、巴赫、托马斯·曼与弗朗茨二世。在他们的背影后面，我尝到了海风、盐、杏仁糖以及啤酒的味道。从一个车站到另一个车站的路上，我开始对人世的离别，深信不疑。

汉堡，北方的海

勃拉姆斯出生在汉堡。

他在这个城市里按下第一根琴键，写下第一行乐谱，也开始无望的爱情。只是他的深情，与这座以航海与贸易兴盛的城市，看来并无关联。

到车站迎接我的是多年不见的芭芭拉，我们曾在伦敦当过邻居。她给我看她的结婚戒指，她刚结婚不久，而我们已经三年多没有见。送我回酒店之后，芭芭拉还要赶回去上班，她是趁午休溜出来的。

我反复听勃拉姆斯的六首间奏曲，沿着仓库城边的红砖路一直走。不远处的工地上耸立着起重机的森林，城市观光热气球正在升空，一切仿佛梦魇。那是汉堡仓库城的改造计划。

这景象让我想起艾森市的鲁尔工业区，这片全世界最大的工业区，类似卡拉扬指挥柏林爱乐，他的秩序感和他纹丝不乱的白发一样，简直不是属于人间的东西。

现在汉堡最吸引人的是她新开放的航海博物馆，这家世界上最大的私人航海博物馆共有十层甲板，记录了从人类第一次把脚伸进大海，到最新式集装箱油轮在内的所有一切。

人类最开始的时候是靠星星和风航行的。

我还发现了一只哥伦布发现美洲之前制作的地球仪，那上面的北美洲是一片空白。还有波里尼亚人用竹签和贝壳做的航海图，贝壳代表岛屿与暗礁，竹签代表安全的航行线路。德英对照的介绍说，当年的航海图是绝密文件，只能默记而不能携带，泄露则是死罪。所以那时候的船长将这些复杂的线路记在脑海中，凭记忆穿越激流与暗礁。这线路看起来比人的掌纹还要复杂，船长对它们的了解也一定超过自己的掌纹吧，毕竟这里更清楚地写着他的命运。

在底层甲板的纪念品店，我买了一组可以悬挂在半空的地球仪，上面的世界还停留在 16 到 18 世纪人们的眼光里。每个地球仪上的图案都不同，最明显的是南极洲一直不断变化，在 17 世纪绘制的那只地球仪上，它跨越了赤道。

人类总是执着于探索未知的世界。这让我思考关于存在的问题，这究竟是验证了唯心主义还是反驳了它呢？原来当我们不知道世界的确切面貌时，我们照样曾过得很好。

晚上，下了班的芭芭拉带我去著名的红灯区圣保利喝啤酒吃薯条。她依旧是记忆中的模样，长着一头栗色鬈发，神色生动，体贴周到。她就出生在这座城市里，推荐我喝一种当地啤酒，叫 Astra，酒标是一只锚与一颗鲜艳的红心。酒吧里几乎人手一瓶。

怪不得聂鲁达说：我喜欢船员的爱情，只一个吻就可以告别。这诗简直就是写给圣保利的。

我问芭芭拉：“两个女生在夜晚的圣保利有什么好看？”她说：“跟我来。”我们走进一条昏暗小路，停在一家小店门口，她说：“就这里，你会喜欢的。”我透过玻璃门朝里张望，这是家已经打烊的理发店，里面依旧是老式的理发椅。

等等！这是当年披头士在汉堡打天下时经常光顾的理发店。他们那著名的发型就出自这里。芭芭拉有些得意地笑：“你以为我要带你去哪里？”

这四个英国小伙子从同样是港口城市的利物浦到汉堡谋生，因为这里有更多的酒吧与驻唱机会。谁都没料到他们日后会风靡全球。这可以称得上是真正的“跑码头”。

吕内堡，盐的百味

好像天黑得越来越早。

我在火车站将地球仪托付给芭芭拉，乘坐往东南方向去的地区火车 RE33015 前往吕内堡。

吕内堡居然不是白色的。那种惊讶就如同有人告诉我说，巴赫的作品是不对称的。

高大的银杏和橡树落了满地的叶子，我在 1906 年重建的水塔顶端俯瞰这城市鳞次栉比的红屋顶（“二战”之后德国人重建了太多的东西）。据说红屋顶因原料稀有，所以造价高昂，吕内堡人这么做，是为显示自己的身份。

盐被吕内堡人当作驱魔保平安的吉祥物出售，也出现在各种食物甚至巧克力中

吕内堡，秋日的气息越来越浓

一千年前的中世纪，人们在这里发现了盐矿，盐业交易使吕内堡成为北德地区最为富有的汉萨贸易城市。这就像在当年的扬州城，因盐运富得连朝廷都发愁。

这里的人还把盐当作驱魔保平安的吉祥物，商店里有吉祥盐袋贩售。我猜，这或许是因为中世纪时，盐曾被当作防腐剂使用。连死神都可以战胜的东西，别的恶魔应该不在话下。

盐仿佛是这个城市的主题。你吃过咸的巧克力吗？吕内堡的巧克力上撒着晶莹的盐花。

午餐去了市政厅旁的皇冠（Krone）餐厅，菜倒味道适中，不咸。其中有道“老爸爸秘方火腿”是这里的招牌，吃完又点了一份，依旧意犹未尽。因为是周末，餐厅里都是聚餐的市民，有些应该刚从教堂出来，还穿着正式的套装。我偷偷打量邻桌那位神似英国女王伊丽莎白的老太太，她在帽檐上别着一小枝紫色的花。

如果有一天我和她一样老了，真希望能够和她一样优雅地老去。

古典音乐史的高峰是“三 B”，Bach、Beethoven、Brahms（巴赫、贝多芬、勃拉姆斯），贝多芬的音乐一贯如那些乐曲的名字，个性鲜明、风格突出，而单恋了克拉拉 · 舒曼一辈子的勃拉姆斯最懂得深刻与克制的含义。巴赫呢，他总给他的作品编号，仿佛那是流水线上下来的产品，有人推测《哥德堡变奏》是首旨在让听众感到无聊的催眠曲，这也不足为奇。

我总是将巴赫的音乐理解成一座灯火辉煌的宫殿，远看堂皇工整，走进去一片空茫，你必须仰视，你必须被征服。

终于在吕内堡知道，那种神圣感究竟来自何处。

吕内堡的圣米歇尔教堂，红色砖块支撑起狭长而高的穹顶，做弥撒的时候，管风琴的乐声就在这高达一百零八米的空间里回荡。十五岁的巴赫从德国中部小城艾森纳赫步行来到这里，第一次正式接触管风琴，使我惊愕的风琴声一定也震撼过他，成为他作品中无法抹去的痕迹。

“一切美好而有序，奢华、平静而妖娆。”这是波德莱尔形容巴黎的言辞，不过用来评价巴赫的音乐也很不错。

吕贝克，山墙后的脸

我登上朝东北方向去的慢车，继续向北。空气的味道渐渐变了。

清晨的风送来波罗的海的盐香，这曾是我最喜欢的海，因为大家爱把她的名字想象成“菠萝的海”，这片海洋也因此洋溢着香甜的水果味。

吕贝克并不甜美，它是一座藏在面具后面的城。

当年“汉萨同盟”盟主的地位，奠定了它的繁荣，也让它为自己建立起层层堡垒。从地图上看，它被护城河与海洋团团围在中间。

我走在第二道护城河边，看着对面起伏的山墙，知道它们的后面其实只是再普通不过的老房子。它们堂皇而整饬的样子，让我想起埃及的壁画，里面的人全都固执地将脸侧向一边，不知道在护卫什么。

我刚刚穿过了这座城市的第一道护城河，以及荷尔斯滕城(Holstentor)。

事实上，我一直以为那是一座立体城堡，亲眼见过才知，它原来只是扁平的立面而已。故意设计的弧线创造出欺骗性的立体感，就和我们上美术课的时候在圆柱体上画明暗交接线是一个意思。这座城门的作用有两个：炫耀城市的富裕，并抵御想来抢夺这些财富的人。

那些繁复而狡猾的红砖显然很好地完成了工作。

而护城河内的那些山墙，就只需负责炫耀。他们甚至故意把街道修成弧形，这样站在街尾就能看见所有漂亮而豪华的墙壁。

我按地图的指示去找世界上最大的木偶博物馆，它藏在护城河边的小巷里。走到一半听见音乐的声音，是大提琴与钢琴，原来这高墙后面藏着一座音乐学院。

博物馆里全是孩子，金发碧眼，对看见的每样事物惊诧不已。我看见了老朋友匹诺曹，不过他已经放弃了自己的灵魂，重新做回了木偶。

步行前往老城中心，路过红色的圣玛利亚教堂。我坐在门外一块石头上歇脚，身边是一只小魔鬼，他长着对尖耳朵。

我在等日落，他在等堕落的灵魂。我们是教堂外萍水相逢又相依为命的一对陌生人。

圣玛利亚教堂是世界最大的哥特式红砖教堂，也拥有世界上最大的机械型管风琴，不用说，巴赫也特意来这里观赏聆听过。

“二战”中，整个城市被夷为平地，也包括这座教堂。愤怒的希特勒命令德国空军在英国寻找五座年代相若的古老城市，进行轰炸。

圣玛利亚教堂的另一侧是条上坡的街道，街对面那座浅得近于白色的房子，曾属于托马斯·曼家族，托马斯·曼就在这里长大。他凭借《布登勃洛克家族》一书获得1929年的诺贝尔文学奖。

这部人物众多、表现时代兴衰的长篇被称为“欧洲的《红楼梦》”。要是他本人听见这样的类比，不知是会哭还是笑。不过最可能的，还是保留他那阴郁的表情，一言不发。

1955年，他成为“吕贝克荣誉公民”。这个称号的潜台词是：他并不真正属于这里。吕贝克人更喜欢谈论偶尔来这里小住的君特·格拉斯，原因也就在这部《布登勃洛克家族》上。

家丑不便外扬。但托马斯·曼说出了这里太多的真相，过于写实与批判的描写让这个城市里的人难堪。还有那种衰亡的宿命感，提醒着那些深而痛的记忆。

他们用那么多财力物力好不容易垒起高高的山墙，制造完美繁华的景象，但这个淘气而尖锐的孩子啊，直接翻过了它。

教堂东侧的市政广场上钟声荡漾，从市政厅的窗口望进去，云雾一样剔透的白色水晶灯，一直从天花板垂到地上。是巴洛克的装饰风格。

街角有著名的杏仁糖沙龙尼德艾格(Niederegger)，里面人头攒动。从来没想过，原来糖果还可以玩这么多花样，不同的颜色，不同的形状，不同的包装，起码有上百种，但味道都只有一种：杏仁味。向来不爱甜食的我站在兴高采烈的采购者中间，颇为无动于衷地想起，许多军用塑料炸药就是这种杏仁糖的味道。但负责做示范的漂亮姑娘却用杏仁糖捏了一只完全无害而温柔的小鸭子放在我掌心。咬一口，真甜。

君特·格拉斯在他的回忆录《剥洋葱》里说：那些曾让你觉得隐隐

作痛的事，依旧隐隐作痛。每座城市，就像每个人一样，多少都带着伤痕。骄傲的吕贝克人却已经把它们一一抹平了。

我嚼着杏仁糖走在行人渐渐稀少的街道上，耳边还是勃拉姆斯的间奏曲。

谁不是这样呢，活在过去与未来的微醺里。

什未林，隐在湖里

北行的火车越过一条已消逝在时光里的线，驶进曾经的东德。我此行最后的目的地是梅克伦堡——前波美拉尼亚州首府什未林。

1989 年两德统一，次年，什未林从州内最大城市罗斯托克手里抢下了州首府的头衔。高贵的历史让它永远不甘居人后。

什未林火车站是古老的红砖建筑。我在它的纪念碑上读到：它能躲避“二战”战火，是因为这个地区有众多湖泊。

当年盟军计划在夜晚轰炸什未林车站，切断德军运输线。湖水倒映着月光闪闪发亮，飞行员大概没读过什未林旅游宣传手册，认为这样的湖区一定属于乡间，于是把炸弹投在了郊外的一间工厂。

我入住的城际酒店 (Intercity Hotel) 就在火车站西侧，可以俯瞰整个车站广场花园，东面隔一条街就是普法芬 (Pfaffenteich) 湖了。什未林被称为“七湖之城”，其实大大小小的湖泊超过十个。

前往啤酒吧 Zum Stadtkrug 吃晚饭时，我没走主街道，而是沿着

可爱的杏仁糖

正在观看比赛的观众

吕贝克圣玛利亚大教堂，曾经历了“二战”的炮火

普法芬湖走。最后一点夕阳就要消失了，金色的树与红色的老房子倒映在湖面上，形成完美的对称。或许那位飞行员其实看过了旅游宣传手册吧，所以有意投错了炸弹。

毁灭比建造容易得太多，所以人类不应该经常那么做。

过往的记忆凝固在湖边的阿森纳大楼中，这幢土黄色建筑原本是白色，1989 年 10 月 23 日，市民在这里集会请愿，他们的烛光熏黑了白色墙壁。当年 11 月 9 日，柏林墙被推倒。后来大楼改建成警察局并重新粉刷，但保留了一块带着灼痕的白墙，并在旁边挂了纪念牌。

在牛津也有这样的纪念品。1555 年时拉提摩尔和雷德利两位主教在这里被信仰天主教的玛丽皇后下令烧死，拉提摩尔主教对一同殉道的伙伴喊："今天我们以上帝的恩慈在英格兰点燃这样一支蜡烛，我相信它永不会熄灭。"

他所谓的蜡烛指的是新教徒的信仰。一年后的 1556 年，克兰麦大主教也在同一地点被处死。柴堆的火焰烧焦了贝列尔学院在几尺开外的大门。后来大门被拆下来重新安装到内庭入口，那些焦痕如今依旧清晰可见。

我们总是为了不同的追求，付出相同的代价。

Zum Stadtkrug 是城里最有名的啤酒店，这个牌子是当地啤酒酿造商的名字。如今它依旧遵照 1516 年德国威廉大帝颁布的《啤酒纯正酿造法》酿造啤酒，啤酒从偌大的黄铜酒桶经水泵直接连到吧台上的水龙头。什未林有全德国最干净的水，再加上巴伐利亚州来的小麦，就意味着最清冽爽口的啤酒。

Zum Stadtkrug 的啤酒有多好喝呢？老板指着角落的小房间说："那是个婚姻登记处，喝上几杯，很多人就乐意去那儿啦！"他们甚至还在门口放了架钢琴助兴。

啤酒和咸猪腿大餐让我勇敢地面对夜晚的寒意。走出酒吧，有轨电车哐当哐当地过去。隔壁老电影院 Capitol 的霓虹招牌已经开始闪亮，我看了下海报，都是些没听说过的老电影，估计属于《蓝天使》那个年代。其中也有一部新的，说的是德国红军旅的事。

德国是世界上城堡最多的国家。新天鹅堡闻名遐迩，我曾爬陡峭的山路去看它，后来觉得失望。什未林皇宫建在湖里，城市又小，所以这一段路倒是并不艰难，顺便还可以看看古老的街道。

远远地，就能看见风格迥异的尖屋顶林立。还以为自己眼花，德国人的秩序感去了哪里？

在踏上通往皇宫的大桥前，先要经过广场花园和博物馆。每年夏天这里都会上演露天歌剧，今年的剧目是《卡门》，可惜我错过了。这个传统是因为什未林曾有德国最古老的戏剧学院。不难想象，歌声会飘过古老的广场花园，在湖上传得老远。

什未林皇宫建在城堡湖（Burgsee）和什未林湖（SchwerinerSee）之间，是一座五边形的宫殿，世代属于梅克伦堡大公。不同时代的统治者留下不同风格的建筑，于是它就成了一个庞大的建筑史标本。如今的皇宫基本上是弗里德里希·弗朗茨二世的个人品位，他在 1845 年至 1857 年间下令改造、扩建这座宫殿。

想要在这座城堡里留下个人印迹的不仅仅是他们而已，冬季走廊的廊檐雕着天使的头像，如果你仔细看，会发现其中一个正朝你吐着舌头。尽管他喜欢在这个不受寒气侵蚀的房间里度过严冬，但弗朗茨二世在世时并没有发现这小小的恶作剧，否则很可能有工匠人头不保。

1864年，弗朗茨二世迎娶第二任妻子——黑森和莱茵河畔大公路德维希四世最年幼的妹妹玛丽亚·玛蒂尔德公主，面对什未林湖的这片花园和暖房即是送给她的生日礼物。但她在二十二岁那年病逝。如今游客可以路过的那张属于她的婚床，同时也是她弥留之际的病榻。墙上的画像里，她还是小女孩的模样，绯红的脸颊暗示了肺结核病的阴影。

据说她在这座城堡里过得并不快乐。

这花园就如同一封投错了地址的情书，它的柔情蜜意从不曾为人所知。

花园里有三尊雕像，分别代表着春、夏、秋三季，唯独缺了冬天。不知这是另一起恶作剧，还是主人授意为之。

玛蒂尔德公主死在严寒的冬天。

参观完毕，解说员特蕾莎带我去布拉格咖啡馆吃午餐。这个漂亮的姑娘好像知道这个城市每一片树叶的脉络。

咖啡馆里都是老人，他们在阳光里安静地吃饭。他们曾经历过的故事，几本书都写不完吧。

在超市只买有机食品的特蕾莎告诉我，她的外公外婆刚庆祝了结婚六十周年纪念日，她的舅舅在去年圣诞节送了他们一只微波炉。结婚纪念日那天，特蕾莎打电话过去问候，还问他们有什么庆祝节目，外婆在电话那头高兴地说：“为纪念这个重要的日子，我特意做了一顿微波

清晨，正苏醒的什未林

什未林的黄昏，湖边的倒影像另一个世界

食品！”

乘火车回到汉堡那天，是个可以遇见勃拉姆斯的天气，寒风正卷着雾气从易北河口吹来，吹灭了今年秋天最后的一个晴天。冬天到了。

我从火车上下来，竖起衣领，一头扎进勃拉姆斯的心事里。

Chapter 04

乌兰巴托 在世界的中心呼唤你

每次回程飞机遭遇颠簸，就知已到达乌拉尔山脉。我想去看看，这片荒芜里有什么。

还要走多远

回到家，M 照例在加班。打开电子邮箱，芭芭拉的邮件说：今天汉堡下了今年冬天的第一场雪，你那里一切都好吗？

一切都好吗？

电话给 M，他在电话那头说："我尽量回来吃晚饭。"尽量，即是不能够。

傍晚时候电话响，是裴明，说佳敏要请我吃饭，感谢我上次送的礼 。

吃过饭，裴明去取车，佳敏和我站在风里说话。

"我们认识有段时间了。"佳敏突然说。

"是，我记得裴明第一次介绍你给大家的时候，是个夏天。"这真是个奇怪的开场白，而我因为时差，有些精神恍惚。

"那天……我在逛街的时候，看见 M 和一个女生一起……"

来去的车流发出刺耳的噪声，我感觉身外的一切都像蒙着一层膜。

"你不要误会……我只是……"看我不言不语，佳敏有些着急了，"但他们逛的是内衣柜台……"而 M 并没有年龄相若的姐妹，需要这样的照顾。

“佳敏，遇见这种事，很多人都会说：真好笑，我居然是最后一个知道。”真的，没有话比这一句更妥当，“谢谢你告诉我，佳敏。”其实，我是早就知道的吧，却不愿意承认。以为埋头走得很远，所有的问题就会自己迎刃而解。因为即便我留下来，我也不知道该怎么办。

我不明白人心，我不明白时间。

所以我只有，再次远行。

仿佛站在了世界的中心

每次从欧洲回来，都会飞得天昏地暗。黎明时分，当飞机开始遭遇剧烈的气流，我就知道，飞机进入蒙古境内了。乌拉尔山山脉的风正带着寒意席卷而来，却从没有想过，这片荒芜之中，究竟是怎样的景象。

如果不能直面人世的复杂，那么，去看一看人世的荒芜吧。

北京到乌兰巴托的航程要比想象中近很多，我打开《草原帝国》翻到铁木真的章节，他几乎还没过完凄惨的童年与艰辛的青年时期，飞机就已开始降落。最后二十分钟航程里，飞机上一大半人都为舷窗外的景色折服，赞叹连连。广阔戈壁上连绵的山脉就仿佛是偾张的血管，不断延伸，气势恢宏。而那些从外貌上判断显然是蒙古人的乘客则安静地坐在位子上等待。我记得的最后一句话是：也速该的长子铁木真，有朝一日将被称为成吉思汗……

穿越云层、经过气流，我终于第一次靠近这片荒芜。天气预报中的

从飞机上俯瞰蒙古，群山连绵

乌兰巴托市区

那场雪还没有下，我抢先一步抵达。在高空中飞过一条又一条冰冻的白色河流，年复一年过去，时光终于渐渐能够被看见。这一年的冬天才刚开了个头，但因世事纷杂，等静下心来叹一口气，仿佛已与长河镇隔了数年。

从机场沿成吉思汗大道前往市区，最先路过的是工业区，遍布发电厂等重工业设施，很多是苏联时期留下的厂房。墙上画着当年的宣传画，内容是宣扬工人阶级的创造力量，干燥的气候使这些画保存良好。苏联人走后，韩国人与日本人来了，于是乌兰巴托有一条大街被命名为首尔街，姑娘们喜欢用韩国化妆品。最直接的影响是：日本车是右侧驾驶，韩国车则左侧驾驶，于是蒙古人依靠好骑手与生俱来的良好平衡感，习惯了驾驶时左右开弓。

乌兰巴托空阔、寂静，街道藏在灰色的影中，快步走过，冷风拂起衣角。没有想过，乌兰巴托第一次出现在面前，竟是以如此亲切的面貌，镇定孤绝得简直如同一个放大了的伦敦。

街心公园里是丛生的杂草，但这时我尚未见过戈壁的苍茫，所以并不懂得欣赏它们的繁茂。无人会错过的苏赫巴托广场，成吉思汗端坐高台之上，姿态威严、面容平静，左右两侧是他的儿孙窝阔台与忽必烈，他们曾在这片荒蛮之地起家，杀戮征服，直到把突厥－蒙古民族统一在一个唯一的帝国中，直到时称大都的北京成为从太平洋到第聂伯河这片广阔欧亚疆域的首都，并在这一范围内贯彻铁一般的纪律，使东西方的通道第一次畅通无阻。他们辉煌的征服史，使亚历山大大帝与恺撒也望尘莫及。

苏赫巴托广场是以蒙古人民共和国的领导人、蒙古国开国元勋苏赫的名字命名的，“巴托”是英雄的意思。但是广场中央苏赫巴托骑马的红色雕塑与广场北面总统府前成吉思汗的青铜塑像相比，差距如同“巴托”这个称呼与“汗”这个称号之间的差别。

在成吉思汗的注视之下，从牧区来到首都的蒙古人正在互相拍照留念，还有人在参加美国公司组织的免费牙齿检查。广场北面地上刻有一个黄铜方向标，指向四个方向。年轻人最喜欢站在它上面合影，我也过去站了一下，那是种奇怪的感觉，当你站在它的上面就仿佛站在了世界中心一般。就在那一刻，蒙古又成为一个遥远的概念：更多人来到这里，心中怀着无限想象，试图通过跨越空间的方式来跨越时间，去领略那个人类历史上版图最广大的国家：蒙古帝国。而距离成吉思汗与他的儿孙成为人类历史上最令人闻风丧胆的征服者，差点征服整个世界，到最后退守阿尔泰山脉，已经过去了八百多年。

可汗的城池

从下榻的凯宾斯基酒店窗口看出去，翟山 (Zaisan Hill) 上是巨大的成吉思汗画像，他们把他刻在了岩石上。我问酒店经理弗兰克 · 施泰肖 (Frank Stechow) 乌兰巴托有什么值得一看的地方，他想了想说：“两个半小时足够了。”随即他将自己的车与助手一起借给我，我们去了甘喇嘛庙 (Gandantegchenling Monastery)，那里的金佛闻名遐迩，小喇嘛们在阳光下玩耍。然后是翟山，那里可以眺望整个乌兰巴托——在那里能做的也不过如此。

相比景点游览，我更喜欢看街景。乌兰巴托大酒店门口的列宁雕像一如往昔，酒店西边被损坏的大楼依旧保持着 7 月暴乱后的样子。蒙古实行与美国相似的政体，因此在政治上称为亚洲的“美国”。人们因为对选举结果存在怀疑而向当局提出抗议，最终局面失去控制。这次暴乱让我的旅行计划一度搁置，现在一切都过去了，人民革命党和民主党如今在政府中各占半席，被砸坏的门窗以及浓烟熏烤过的墙壁也似乎已经被忘记。这个皆大欢喜的结局的代价是五人丧生，数百人受伤。

乌兰巴托的公共交通基本上都是韩国的大宇客车，款式非常老旧。放学的孩子，他们身上精致的校服可以与英国伊顿公学的媲美，他们的外语由外教教授。

首尔大街上有林立的韩国商铺。城里的标牌上写着：爱尔兰酒吧、意大利餐馆、土耳其银饰。当地人很乐意接受美元。蒙古的经济命脉——矿藏开采则与加拿大、澳大利亚合作。

傍晚，辉煌的落日下飘起了冰冷的冻雨……

这所有的一切则让我疑惑：那蒙古去了哪里？在人生最后的岁月中，成吉思汗想到自己的后代将结束艰苦的游牧生活而转向定居生活时，痛苦地反思：“我们的后裔将穿戴织金衣，吃鲜美肥食……但他们不说‘这都是由我们的父兄得来的’，他们将忘掉我们和这个伟大的日子。”事实上他的话在八百年后，有了一种微妙的应验。

“穿戴织金衣”或许只是某种夸张比喻，日常生活中蒙古人的物质算不上丰富，乌兰巴托唯一一家百货公司里，充斥着韩国低档化妆品、捷克玻璃杯以及日本小家电，进口商品因为运费而售价高昂；五楼的整个楼层则用来向外国游客出售旅游纪念品。

那里的一切证明成吉思汗与他那些伟大的日子并没有被忘记：啤酒商标、大面额纸钞、香烟盒、邮票、汗衫，以及其他各色纪念品上，他的形象到处都是。如今全世界都认识赵孟頫风格的成吉思汗画像——穿白色便服，看来慈祥睿智，但我也看到几个不同版本，最叫人印象深刻的出现在蒙古当地酿造的伏特加酒瓶上，他的脸棱角分明，狭长的眼中精光四射。

以欧洲为代表的西方世界一度不愿正视成吉思汗的征服史，不承认成吉思汗的骑兵与马其顿方阵、罗马军团一样治军严谨、战策英明。但近年来成吉思汗却作为个体获得了崇高待遇，印有他画像的纪念品总是最为畅销，这样的转变或许与美国式个人英雄主义的传播不无关系。他足够铁腕，足够英勇，足够强大，至于他确立蒙古文字、开创蒙古帝国最初的政治体制等这些建树反而在其次。我也同样在他非凡的经历里获得启示：要毫不犹豫地去相信你想相信的事，并付诸实践，尽管这自由意志代价高昂。

回到凯宾斯基酒店，在全乌兰巴托以及全蒙古最好的日本餐厅里吃晚饭，餐厅毫无意外地名叫樱花(Sakura)，秀气美丽的服务员穿着月桂红色和服。在蒙古首都，一家引进德国管理模式的酒店里，吃一盘刺身。我用筷子拨弄着那块并不算最新鲜但很珍贵的鱼片，揣测着厨房里那位日本大厨的心情：这份工作最大的价值是其故事性，当他回到东京

Enjoy!
Coca-Cola
Europäische Qualität, Verpackung und
Enjoy!
Coca-Cola
Choco Pie
unitel

清早在中心鱼市挑选海胆、活鳗与河豚时，一定会向同行们讲述自己是如何用尽全力要让这片荒野内陆领略日本料理的精髓。

戈壁，心之所向

蒙古谚语说：人唯有在开阔广大之地，才能具备真正的眼界。我决定出发到戈壁去。

第二天中午的出发几乎是迫不及待的。向导慕吉 (Muugi) 是个消瘦的青年，英语很出色，不工作的冬季他都在学校里学习。司机刚格 (Gongor) 很快将越野车开出了市区，进入连绵群山之中。根据游牧民族的信仰，说出确切的数字是不吉利的，因此他们从不告诉别人自己究竟拥有多少头羊，也很少说出自己的年龄。为了让旅途顺利，司机 Gongor 和向导 Muugi 决定不告诉我究竟要多少时间才能到达我们落脚的城镇。

事实上，茫茫旷野中的行驶很快就让我失去了方向感和时间观念，手机信号不知什么时候中断了。电线杆上栖着猎鹰，它们是阿拉伯人最喜欢的猛禽，同样受蒙古人青睐。现在生活在西部阿尔泰山区的哈达克族依旧训练猎鹰，它们在狩猎尤其是捕捉小型猎物时，是非常优秀的助手。

车窗外是蒙古的秋天，桦树林像金色的火焰。这正是牧民们开始带着牧群向南方迁徙的日子。而我们也将循着他们的足迹，一路向南，穿越戈壁前往阿尔泰山脉的南麓，最终到达火焰山（Flaming Cliffs）。

四周除了空旷还是空旷。为打发时间，Muugi 播放蒙古长调给我们听。他解释说，所谓长调就是将所有字词都拖长到普通发音的几倍，从而使整首歌的时间比一般歌曲要漫长好多倍。“这就像是当我们问候的时候，要说 haaaaaloooo，你们会不会觉得无聊？”当然不会，我受过京剧与意大利三大男高音的双重熏陶。

这片空无一物的荒野仿佛没有边际，不难想象成吉思汗的骑兵团在马背上拉开弓箭，冲破藩篱迅速逼近时，是怎样的场面：整个世界都在他们面前一马平川。

Muugi 指着渐渐包围我们的戈壁说，成吉思汗临死前吩咐属下将自己葬在这片广袤戈壁的某处，而不必千里归葬。但一直无人知晓确切地点，因为下葬之后，他的手下让马群在墓地四周踩踏，消除了所有人工挖掘过的痕迹。随后，他们在墓地上当着母骆驼的面宰杀它的幼崽，并将它的血洒进土里。来年的时候，墓地上早已经长出牧草，与四周的草原连为一体，不露丝毫痕迹。但母骆驼会在失去幼崽的地方哀恸嘶鸣、流连不去，成吉思汗的后代就在该处祭拜。

回顾自己辉煌的历史，蒙古人总结道：“在马背上征服世界很容易，但是下马建立国家则艰难得多。”对于整个世界来说，比起蒙古铁骑的不善于建造，他们的善于破坏与毁灭给了这个世界更多的震撼：美索不达米亚平原与东伊朗至今都没有从蒙古人的破坏中恢复过来。

法国历史学家勒内 · 格鲁塞在《草原帝国》中将这破坏的原因解释为一种茫然：游牧传统的蒙古征服者不知道如何与这些定居文明相处，

所以试图将它们统统夷为平地，改造成为牧场。

我在阿尔泰山脉边的戈壁中以相反的方式体会到了这种茫然，一路我都在条件反射般地问：该如何与这片广阔无际的草原与荒野相处？该如何在这里生存下来？该如何才能在这里建造起房屋？或许无论世界如何发展，我们永远都只能坚守自己设立的标准。

南迁的牧群渐渐多了起来，经过一处蒙古包时，向导示意我们停车。听见汽车引擎的声音，一位蒙古大婶推开门探出头来，热情地邀请我们进去休息，还拿出自家做的酸奶酪招待我们。我们席地而坐，嚼着奶酪，闲聊了几句家常。这是我第一次走进牧民的家，好奇地四下打量。蒙古包正对门的位置是神圣之处，牧民喜欢在那里摆放神龛与珍贵之物。阳光正从圆形天窗照进来，漆着黄色油漆的梁木就像是太阳的光芒。有了这样的设计，就算在无法出门的严冬，也能时刻沐浴在阳光之中。

谢过主人的款待，我们继续出发。顺着车辙向前，我们惊喜地看见了路边的招牌，我们离第一站小镇曼达尔戈壁（Mandalgovi）只有四十四公里了。

我们在日落时分到达戈壁中的城镇曼达尔戈壁。当我们从车上卸下行李推开阿尔泰戈壁旅馆（Altai Gobi Hotel）简陋的木门时，最后一道光线在我们身后隐没了，道路的痕迹消失在黑暗中。我听见司机Gongor长长嘘了口气，即便是他这样有数十年驾驶经验的老司机，要在夜色中行驶于戈壁也依旧是件极危险的事。

旅馆设施非常简陋，但让人觉得亲切，狭窄的楼梯上铺着红色的地

SAMSUNG

毯，而天花板上的吊灯则是褐色的亚克力制成。房间的墙壁上贴着玫瑰花图案的壁纸，化纤材料的蕾丝窗帘以及窗台上的塑料花，让我有强烈的熟悉感，仿佛回到了 20 世纪 80 年代。这个小镇在四年前有了手机信号，之前人们都去邮局打电话。

从涤纶材质的白色蕾丝窗帘看出去，小镇车辆稀少，路灯只是摆设，砖石房屋有苏联时期的厂房风格，更多的人住在木栅栏后面的蒙古包内。晚饭前的羊肉汤很鲜美，喝完让人忍不住要捧腹赞叹，但成分看来却很简单：一片肥羊肉、一颗羊肉丸与一些炖烂的土豆、胡萝卜。

四周静极，只听见零星的狗吠与风声。气温下降得很快，黄油都冻得抹不开了，但上菜的店主人却满面红光，只穿着短袖。休息前我尝试着打开了客房里那台大约十三英寸屏幕的电视，只看见一片雪花。

第二天的路要长一些，所以我们一大清早就出发。孩子们正穿着校服去上学，笑容灿烂地向我们挥手示意。此时才看清许多苏联援助建设时期留下的建筑，甚至还有一尊列宁像，矗立在料理整饬的小花坛中。

离开村庄的时候，路过曼达尔戈壁镇的小山丘，山腰的凉亭里画着苏联宇宙飞船遨游太空的宣传画，而山顶则是巨大的马头琴雕塑和一匹长着翅膀的马。Muugi 说飞马是戈壁也是蒙古的图腾，这让我想起威尼斯的标志：长着翅膀的狮子。有了翅膀，它们就可以征服天与地。

“这里地势高，有手机信号，你要不要打个电话回家？除了这里，余下的几天，估计再没有机会经过有手机信号的地方，只能碰运气了。” Muugi 提醒我。

我拿出手机来，按下开机键。良久，屏幕上出现一条短信，是M，他只说了四个字："你在哪里？"

我按下通话键，他很快就来接听。

"你在哪里？我打了很多次电话，都说不在服务区。"他语气焦急，"你再这样，我要去报警了。"

"我在蒙古。"泪水又开始涌上眼眶。

"好好照顾自己。"他终于说。

"我知道。"我努力想要忍住泪水。

就在要挂上电话的刹那，M突然说："等你回来，我们结婚，好吗？"

泪水终于夺眶而出，我只是用力点头，却无法成言。

"你答应吗？"信号干扰沙沙地响着，就如同是无数时光飞速掠过的声音。我依旧用力点着头，仿佛要说服电话那头的他，还有自己。

风越来越大，泪水很快就被吹干了。我挂上电话，示意Muugi可以出发了。他礼貌地什么都没有问，戈壁中物资贫乏，他自然没有纸巾可以递给我。但是他说："泪水和雨水一样珍贵，尤其在旱季的时候。"

"所以骆驼从不哭，对吧。"我完全知道他想说什么。

世界的中心荒芜一片

在蒙古，很多建筑物都具有纪念意义，甚至在广阔戈壁的小城镇中也是如此。很多雕塑与纪念碑是为蒙古曾经的领袖修建——列宁也在此列。相比遗忘，他们显然更热衷于纪念。

带上午餐，我们朝着戈壁再次出发。手机信号很快又消失了，云朵的暗影如墨迹般在山峦间晕染开，然后又无声地消失。我们继续向南，戈壁之中隐现着断续的山脉。四下打量的时候，远处山脚竟出现了明亮的湖光，我连忙惊讶地问 Muugi 那是什么湖，可不可以过去看看。他听完我的请求笑得嘴都合不拢，说："那是海市蜃楼，不过，你不是第一个上当的人。"

去年他曾带几个美国游客骑骆驼穿越戈壁，傍晚扎营休息，晚饭时却发现少了一个人。他立刻骑上骆驼追出去，走了半天才看见那个美国游客正挫败地坐在旷野中，脖子上挂着块浴巾。一问才知，他是看见了远处的湖光，想去洗个澡，谁知怎么走都走不到。

原来亲眼所见也未必是真的。

这天的行程比想象中还要更辛苦些，Gongor 不使用卫星导航仪也不看地图，在空旷之中仅靠指南针与他多年的经验寻找方向。有几次我们偏离了路线，当无法确定方向时就去找蒙古包。

中午，我们坐在小山坡上吃着旅馆中带出来的煎饺。太阳升高了，广阔的草原正在秋风里转黄，风吹来，更显苍茫。脚边有奇怪的植物，呈现淡淡的粉红色，而细小坚硬的叶片竟是漂亮的星形。

随着秋季的到来，越来越多的牧民从北方的夏季牧场迁来南方，他们在蒙古包内拿出自己做的酸奶酪招待我们，聊几句家常，然后详细告诉我们方向。蒙古包旁边是层层垒起的牛粪，那是最实用的天然燃料，严冬马上就要来了。

又是一个下午的飞速行驶，日头偏西的时候，沉默的 Gongor 突然欢呼。眯起眼睛，看见阿尔泰山脉的影子出现在地平线上。我们终于快到了！

达兰扎达嘎德(Dalandzadgad)镇遥遥在望。大约两小时后，三只骆驼客栈(Three Camel Lodge)那寺庙般的大堂以及白色蒙古包群出现在遥远的暮色中。听见汽车马达声的工作人员飞奔过来迎接我们，我第一时间冲向了餐厅的火炉。

浴室在大堂左侧的地下室，全部由山上开采的青色岩石建成。洗掉头发里的尘土，提着风灯回蒙古包内的客房去。炉火已经生好，蒙古包内所有的木质结构都刷成橙色，描画上彩色的吉祥图案，用以模仿太阳的光芒照耀四方。它们迅速驱除了我体内的寒意。

裹着大衣坐在蒙古包外看星空，住过很多五星级的高级酒店，还是第一次住到五千颗星的酒店。钟爱的猎户座还没有出现，银河很低，亮得叫人眼花。到此刻，才真正感觉到自己与外面的那个世界已经没什么关系了。

早上和 Muugi 与 Gongor 在餐厅会合，三只骆驼客栈有达兰扎达嘎德小镇上来的厨师，于是我们好好吃了顿有热茶和面包的早餐。吃过早饭前往 Vol 山谷，那里是蒙古境内最后一段阿尔泰山脉。山谷中最狭窄的地方不过一米多宽，青灰色峭壁几乎成 90° 垂直而下。生活在这里的野山羊长着巨大的犄角，当它们年老体衰无法负担犄角的重量时，就会选择从最陡峭的山崖纵身跳下。所以 Muugi 时常抬头寻找着山羊的踪影。

这里每年 10 月就开始下雪，积雪到第二年的 6 月开始融化，七八月的时候，雪水顺山势流淌而下，在阳光无法照射到的狭窄山谷中结成冰，人穿着单衣走在冰面上，可以听见蓝色冰面下潺潺的水声。

在山谷中休息的时候，遇见了来自西北部湖区的萨满教女巫师，她来这里向山里的神灵祈福，蒙古南部的这一片戈壁一直被蒙古人认为是神圣之地，他们相信山谷与溪水中栖息着神灵。女巫师先将马奶酒、点心撒在山谷中，然后弹奏两种弹拨乐器。她让 Muugi 转告我们，她的祈愿名单中也包括我这个陌生人的名字，因为她相信，无论来自何方，大家其实都同属于一个大家庭。

远足后回到三只骆驼客栈，已经饥肠辘辘。附近正好有牧民驻扎，一整个夏天的放牧让山羊只只膘肥体壮，行动迟缓。戈壁干旱区域生长着粉色的蓟类植被，它们会在风里渐渐变成灰色，让戈壁呈现一片苍茫之色。而丰饶之地则是丛生的野葱，牧群以此为食，这就是蒙古的羊肉味道特别鲜美的原因。

我通过工作人员去牧民家买了只羊。傍晚时分，在厨房后面的小山坡上找了块开阔地摆全羊宴。向导 Muugi 负责生火，他找来石块将之码进木柴与牛粪里，然后点火。厨师将切好的羊肉块放进大铝锅中，倒上水，再放入一大盆青洋葱、土豆、胡萝卜，锁上锅盖上火炖。大约过了二十分钟，大家又将锅从火堆上抬下，将火中烧得通红透明的石头放进锅中，然后摇晃均匀，重新放到火上。除了在餐厅照顾一对美国夫妇的服务员，所有客栈工作人员都闻着香味过来参加了这次聚餐。

第一碗羊肉汤和第一块切开的羊腿肉被放到了我面前。我们互相说

戈壁的黄昏，只有一条叫迪齐(Dizzy)的狗陪伴，我与城市已隔着千万里距离

着感谢，然后开吃。就为了这鲜美浓郁的汤汁全羊，我就一辈子成不了素食主义者。经理养的狗迪齐(Dizzy)也来了，它为着礼貌，小心翼翼地掩饰着雀跃之情，文雅地干掉了好几块羊肉，还带走了骨头。在羊肉汤的香气与篝火的温暖中，我们大家飞速成了知己好友。

这两天的车程让我明白了“舟车劳顿”的意思，吃过一顿美餐，在燃着炉火的蒙古包中迅速睡去。一夜无梦，清晨时被寒意叫醒，原来是炉火熄灭了。前往火焰山的车程不超过一百公里，所以我们备齐午餐，优哉游哉地出发了。

看不见的城池

南方的牧草要比这一路上看见的茂盛很多，所以羊群和马群也更多了。我们的车时常被羊群包围，却又总是无法接近漂亮的马群。向导很详细地介绍着火焰山的历史，当年，美国考古学家罗伊 · 查普曼 · 安德鲁斯(Roy Chapman Andrews)曾在20世纪20年代带着他的探险队从当时的中国北平城出发，来到这里做考古发掘，并发现了恐龙蛋化石。那是人类历史上第一次发现恐龙蛋化石，也使这片戈壁闻名世界。如今，依旧有许多考古学者会来这里寻找化石。

而火焰山之所以得名，是因为这里的泥土与岩石呈明亮浓烈的红色，而不是阿尔泰山脉中常见的青色，在阳光下看来就如同着了火。或许《西游记》中的“火焰山”也差不多是这个样子吧。

站在火焰山的高处远眺，可以看见沙丘与戈壁的分界，再往西，就是荒漠。有牧民牵着骆驼出现，想必是看见了我们的车。他们迅速摆出地摊来，都是些手工艺品和旅游纪念品，大多带着骆驼的图案。而我看上了两块暗红色的石头，向导过来帮我翻译，牧民拿起石头轻轻叩击，石头间立即迸发出火花来，仔细闻一下，还有火药的味道。原来是火燧石。这样的宝贝，或许下次探险的时候能派上用场呢，于是我用很合理的价格将它们收入囊中。

或许我的见闻带着来访者的不真实，但这些与我相处了短短几天的蒙古人却留给了我美好的印象，他们总是飞奔着来帮助你。他们的热忱、快乐与骄傲都是毫无伪装的。在这片土地上，并不是拥有的越多就越富有，而是需要的越少，就越容易觉得满足。

原以为，在这片荒芜与苍茫中度过的日子会变得无限漫长，但事实上，时间却像风一样迅速掠过去了。第三天，我发现用一整天的时间坐在秋千上注视着牧群缓慢地从帐篷一边移动到另一边也是件趣味盎然的事。

第四天，我们在天色尚暗时起身出发，炉火已经熄灭，水龙头中流出的水已经接近冰点，正好可以振奋精神。这是黎明前最后的一段黑暗，星星还没有隐没，星光下阿尔泰山脉是远处一抹黑色的暗影。车窗外空气凛冽，呵气成冰。我看见猎户座高悬中天，它的腰带在青蓝色天幕上闪着寒光。它还是恒久不变地在夜空狩猎，但时常在星夜与它相对的我，却已经不再一样了。

趁夜色出来觅食的狼形单影只，车灯扫过，它的身形飞速消失在旷野深处。我们朝着太阳升起的地方行驶，前往机场。

金粉色的朝阳下，我看见可汗的帝国正一点一点显示出它的面目：不动声色却蓄满力量。那个隐没在众多符号后的蒙古，以开放的胸怀接纳着外来事物，就如同戈壁的旷野接纳从各个方向吹来的风。可汗当年那无可比拟的帝国并没有崩塌，更没有消亡，它只是成了一座看不见的城池，矗立在世界的中心，辽阔无边、固若金汤。原来这世间还是有些事物，可以战胜时间而立于不败。这多少，也算是安慰。

M，这一场旅行，我走到了天际尽头。而我也看见了，我们之间这个故事的结局，它曾激烈美好，却终归牵扯冗长。温言软语，也终将在时间里变成冰炭。

Chapter 05

肯尼亚 美丽新世界

乞力马扎罗山上的雪，马塞马拉的牧群，我好像开始怀念你了，像怀念一个故人。

下一站，是哪里

我从蒙古回来的那个周末，M 搬了出去。

他搬走的那个晚上，我独自在阳台坐到半夜。原来是月半了，天空一轮圆月。这光，配玻璃水晶心肝最合适。应该找一间院子，香茶、虫鸣、醉花阴。你看，我们总是太多的感慨，太多的遗憾，却不知道今朝的笑，才最珍贵。

到书房，找出毛笔，磨墨，临一页字帖。不知不觉窗外天色微明。

不知道什么时候睡着的，迷蒙间听见广播里说，有大雾，那种秋天的大雾。机场的航班取消，高速公路暂时关闭，码头封锁航道……甚至在市中心，能见度也只在十米至二十米之间。然后又仿佛听见雨声。等我醒来，发现太阳已经出来了，雾散得只剩一点。老样子，洗澡、喝茶。没有什么胃口，所以只是坐着喝茶。

M 搬出去以后，才发现这间公寓比想象中空旷得多。

我又开始时常失眠，睁着眼睛躺在沉沉夜色中，只有客厅的冰箱偶尔发出声响。我开始想一些自己都觉得奇怪的问题，比如：究竟是谁最先想到要在冰箱里装一盏灯？

当你在午夜穿越黑暗打开冰箱门的时候，暖黄灯光与微凉的冷气一同流淌，仿佛打开一个魔幻新世界。那道光，就像是无论多晚，回去的时候总有人在为你等门。这真是工业设计史上最精妙最温情的设计之一。现在卖冰箱，常常会以低噪声低耗能为卖点大力宣传，但其实，我却并不介意冰箱制冷时发出的噪声，那嗡嗡声，时常给我无限安慰。

夜半听见，仿佛还有个人没有睡，在默默为你守候。而你放进冰箱的东西，它都会为你妥善保管。这就是冰箱，内心寒冷，实际上又极其温情脉脉。

记得看过吉本芭娜娜的小说《厨房》，里面的女孩孤身一人生活，夜里睡到厨房，听着冰箱的声音入睡。这样说来，我有时候确实是蛮寂寞的。但在这节奏越来越快的世界上，从不会觉得寂寞的人大概真的存在的。

曾有人在我低落的时候劝慰我说：所有的人生苦难都会转变成人生财富。若事实诚如他所说的那样遵循着物极必反的套路，那生活里所有的寂寞最终会不会都转化为爱？我们如果因为寂寞，而学会了与身边的世界培养出一段段健康乐观的感情，也是无比幸运的事吧。

婚礼的祝福

开春的时候，裴明和佳敏的婚礼按部就班地操办起来，而我的任务，是负责接待佳敏那位从新加坡来的大老板丹尼尔。

这个去过除了两极以外几乎所有国家却说不来一句中文的人，比我还了解中国。他很乐意不辞辛劳地参加公司员工在世界各地的婚礼。在机场，他看着我手里的地图说：“好像等人的时候，所有人都习惯拿张地图。”

待看清楚那是张世界地图，他笑了：“世界真小，是不是？一张纸就可以全画下。”

我小心翼翼地折好那张地图，说：“可不是。”

“下一站准备去哪里？”他问。

“当然是婚礼。”我假装听不懂他的一语双关。

送他到下榻的酒店，中途他突然又打电话给我，问出席喜宴的着装标准是什么，得知会在首席就座，他花了起码有一个半小时的时间换衣服。

丹尼尔西装革履地坐在我身旁，大概是坐在副驾驶座上最平静的客人。当我因为神志恍惚而走错车道，并引来后面车辆不满的时候，他很闲适地说：“不用担心，这现在是他们的问题了，不是你的。”后面的司机终于决定超车，超车的时候还不忘摇下车窗，愤怒地想看看究竟是哪个傻子在开车，他也悠闲地摇下车窗，坦然朝那司机微笑致意，随后道：“现在他满意了，就让他责怪我这个愚蠢的外国人好了。”

此刻我才明白，佳敏为什么会把接待任务交给我：有这样一个能言善道的人在旁，我根本没有时间伤春悲秋。

在酒店漆黑的停车场我们趴在车前盖上写红包，婚礼现场安排得十分华美又分外清新，是淡紫色与白色系。

喜宴过后，应丹尼尔的要求，带他去酒吧了解这座城市的夜生活。

乐队在唱老歌，唱到*Five Hundred Miles*（《离家五百里》），丹尼尔跟着大声唱起来。随后又点一首*Perhaps Love*（《如果爱》），却不是张学友那首《如果·爱》，而是约翰·丹佛(John Denver)那首老歌。我怕乐队不会，他却很肯定地说：连*Five Hundred Miles*都会，*Perhaps Love*不成问题。果然，乐队很快开始唱，甚至还演绎出了普拉西多·多明戈(Placido Domingo)的跨界版本，在副歌部分用了美声唱法。而普拉西多·多明戈与约翰·丹佛合作这首歌的那年，我恰好出生。

我把这个巧合告诉丹尼尔，他大声说："这么年轻，为什么不快乐？没看见吗？这个世界都是你的！"

已经是那么久以前的事情了，如今我居然已经可以听着这首歌，在一个陌生的酒吧，坐在一个陌生人身边，回想往事。离开酒吧的时候意识到，自己已经穿着三寸高的全新高跟鞋整整一天。

在第二天一大早，我送丹尼尔去机场，他要去北京，随后回新加坡，接着飞中东。我说："你自己小心一点，中东的情况一定比南京的车况要糟糕多了。"

他笑："哈，中东很安全，不安全的，不过是人心。"在机场，他从旅行包里拿出一本书来："我大概不是第一个这么说，但你是一个注定要走很远的人。这本书，给你路上看。祝，顺风。"

这时我发现他手腕上戴的是一只积家月相表，而那一刻，整个城市刚要醒过来，不知道今天的月亮是缺是圆。我接过那本绿色的书，是柏瑞尔·马卡姆(Beryl Markham)于1952年出版的《夜航西飞》(*West With the Night*)。

那么，我们非洲见。

一个月以后，我坐上了半夜起飞的红眼班机，阿联酋转机，前往肯尼亚。随身行李除了替换衣服，就是那本《夜航西飞》。熄灭阅读灯，吃一片褪黑素，吩咐空乘不用在消夜时候叫醒我。当 M 在阿联酋机场朝我走来的时候，我以为那是场梦境。身边穿白衣的阿拉伯人开始大声祈祷。

“你怎么会在这里？”

“我到法兰克福开会，从裴明那里知道你在这里转机，所以我改签了机票。”

我们在咖啡馆坐下，相对无言。世界真的很小，看着近在咫尺的他，我觉得窒息。依旧是那再熟悉不过的眉眼，却又是那么陌生。提醒登机口位置的广播在这个时候响起。他终于说：“我们重新来过，好不好？”

终于，又是一个人了

黑暗中听见帐篷外动物低沉的吼叫，仿佛近在咫尺。我从白色帐缦中起身，就着手电筒的光亮找到闹钟。

清晨 4：51，离恢复电力供应还有九分钟。

披上毛毡推开门出去，气温比想象的低很多，露水很重。天快亮了，天幕上大颗大颗的星闪着寒光，四周是黎明前最后一刻黑暗。我眯起眼睛，隐约看见牛群在数米外缓缓移动，而马塞人鲜红的斗篷如同微弱的火焰，一闪而过，与低声的呼喝一起快速消失在树影后。

回到帐篷内，在黑暗中梳洗。等再次走出帐篷时，第一道阳光刺破了云层。我就这样站在了马塞马拉的日出中。到此刻，才真正意识到我已置身在非洲，一个遥远的国度。

为了抵达这里，足足飞了十八小时。长时间飞行让我失去了时间与空间的概念，记忆也已因劳累与时差而模糊，隐约记得中途喝过一杯咖啡，并且下过一场阵雨。隐约记得，登机口有人在大声喊："内罗毕，内罗毕！(Nairobi，Nairobi!)"

而 M 曾满眼血丝地追问："你能否回到我身边？"

也曾设想过，他如果有一天，带着懊悔说出这句话时，我会如何应对。甚至在午夜梦回时分，设想无数种可能。但当他真的不远千里来到我面前，说出这句话的时候，我只是拎起旅行袋，冷静地说："我要走了。再见。"

从来没有过问你经历了些什么，独自承担了些什么，你的心为什么会改变。不就是人世与人心嘛，谁和谁不都一样？看着窗外纹丝不动的夜色，我暗自想。

你可以说这样很冷血，说这样很残忍，也可以说这是智慧，这是看透。"不见得你比别人更痛些。只不过你表达得精彩些。"黄碧云这话，算是句风凉话，但是真的。你走这么远赶来，不过是为了一时的心痛。

如果下次再见，发现我依旧一脸冷漠，你要记得，不见得我比别人更坚强些，只不过我伪装得比别人更彻底些。而你的伤，也并没有你认为的那么深，那么痛。你不是还活着吗，躯壳完好地活着吗？又追求什么灵魂，什么幸福呢？这些明明都是你自己放弃的。

所以我头也不回地快步走向登机口，不想让他看见我的泪水，以及心底不能愈合的伤口。

飞机在跑道加速，然后轰鸣着起飞，晨光中的海洋像一块儿时最爱的薄荷糖，那样温柔明亮的绿色，那种叫人忘忧的绿色，衬着远处带一点灰的底色，舌尖仿佛可以尝到它带着苦味的凉意。

终于，又是一个人了。

马塞马拉，最初的美好

牧群越走越远，牛铃声却久久不消。粉色晨曦下，一切清新欲滴，我伸着懒腰，穿过马拉康乐营(Mara Leisure Camp)酒店的天然花园，沿着石头小路去餐厅吃饭。餐厅是半露天的，齐腰高的矮墙外是花园，壁炉内还燃着噼啪作响的大块木头。侍应生端出英式早餐，沉甸甸的镀银餐刀，映着烛光和鲜红餐巾，仿佛时光倒错。我曾以为自己比欧洲那些附庸风雅的上流阶级晚了一百年，等我到达才明白，他们从未离开，起码极尽享受的做派一直在。

吃到一半，天光大亮，用餐者吹熄蜡烛，继续吃培根与煎蛋。等我们开始喝咖啡与红茶时，向导爱德华与伯纳德到了。他俩都是马塞人，执长矛，披红斗篷，手脚与胸前戴着华丽繁复的串珠，但却和生活在马塞马拉草原的很多马塞人一样，有个传统而便于外人记忆的英文名字。

酒店的公关经理纳普塔利随我们一同出行，充当翻译。他高大健壮，一身卡其色猎装，戴着金边雷朋飞行员式墨镜。笑的时候一口白牙，颇有好莱坞明星的风范。他大声问：“准备好了吗？让我们出发去Safari（游猎）！”

我们欢呼着坐上越野吉普出发。欧美上流社会中曾流行在获得一笔丰厚遗产后买张到肯尼亚的机票，一下飞机就换上全身卡其布装束，扛上猎枪，带上几叠白色餐巾再雇一队仆佣，浩浩荡荡向着狮子与大象进发。中间当然也有蚊虫叮咬、帐篷内缺水少电这样无伤大雅的小麻烦。他们最后都成为海明威的灵感，写进了《非洲的青山》以及《乞力马扎罗的雪》。

如今一切都平和得多，来访者（比如我）只能携带相机而不是枪支，住在设备齐全甚至豪华的酒店中，二十四小时享受客房服务而不是蚊虫的侵扰。

早晨的阳光里，马塞人的羊群与牛群正悠闲漫步，牛铃声荡漾。见过这些棕色与白色的牛羊群还有耸立在草原中的一棵棵平顶合欢树，你才会了解“mara”一词的意义：斑斑点点的印记，“Masai Mara”则是“马塞人斑驳的草原”。

马拉康乐营附近有座马塞村庄，一位加拿大人在这儿建了一所小学。我们遇见上学的孩子，他们穿着整齐的校服向我们挥手，阳光照亮他们的笑脸，照进他们黑色的大眼睛。某个瞬间，我希望自己是他们中的一个，每天在阳光中醒来，穿过青葱的草地，在大树下读书。

我们的车渐渐远离马塞人的村落，羚羊群与斑马越来越多。爱德华突然熄灭了引擎，然后轻声说：“大象……”象群就在前方数十米处。现在是动物大迁徙前马塞马拉最后的安宁时刻，草非常茂盛，有齐腰高。7月来临，它们将被大批迁徙到此的角马、斑马、羚羊吃得只剩草根。所以说现在不是与马塞人做生意的好时候，等到旱季动物迁徙时，气候干燥、牧草稀少，大量的牛羊面临生存的危机，价格就会比雨季时低得多。

太阳渐渐升高，夜里的露水开始蒸发，空气里弥漫着草香。风停了，但马塞马拉大草原的广阔寂静依旧无法平息，如同无形的波浪不断涌来，让我想起了夜幕下的海洋。

除了动物与牧群，草原上最美的是生活在这里的马塞人。他们穿着鲜红的披肩，在绿色草原上分外显眼。马塞人大都瘦削而结实，眼神清澈明亮。在放牧时常常执着长矛凝视远方，神情严肃而略带忧伤，如同这里出产的黑木雕像。

下午前往马塞人的村庄拜会他们。爱德华介绍说，尽管马塞人是最优秀的猎人，热衷的事业却是放牧，对他们来说，最珍贵的财产是牛。马塞人相信世界上所有的牛都属于他们。这也是他们总是随手携带木棍与长矛的原因：把发现的每一头牛赶回去养起来。

背包中的圆珠笔与糖果使我成了受孩子欢迎的人，他们腼腆地微笑，并且走近来试探般地轻声说：Jumbo（你好）。这是我在肯尼亚学到的第一句斯瓦希里语，第二句是Asante Sana（非常感谢）。

你好，谢谢。

或许我还应该学会说：再见。

但是，如何能轻易说再见？

村落中央的空地上，村长丹尼斯一边指挥女人们唱歌，一边吩咐男人们披挂准备，表演狩猎仪式。领头的村长夫人有把苍凉悠远的好嗓子，其余的女人们则和着她的歌声重复激越的呐喊。此时男人们也准备好了，他们握着长矛，在村中空地上列队奔跑并大声喊叫：“你要想象自己刚捕获了一头狮子。”他一边监督表演，一边认真地吩咐我。我很努力地想象，不知是丰富的想象力，还是歌声的作用，确实感觉血脉中的血液渐渐沸腾起来。

“好吧，告诉我，狮子在哪里？”我问丹尼斯。

“等一下！”说着他举起长矛快步向自己的屋子跑去，回来时手里拿着一块兽皮。他示意我抚摩那块粗糙的皮革。

“这是我捕获的狮子，六年前，它闯进村庄，我杀了它！”从丹尼斯依旧激动的语气与村民们仰慕的神情来看，那场激战一定惊心动魄。

我接受邀请走进丹尼斯的家，屋里一片黑暗，中央有个浅浅的坑，燃着干草与木头。辛辣的烟雾四处弥漫，熏干了从地面渗上来的潮湿。等我的眼睛适应了黑暗，才看清屋内分三个房间：主人休息的大房间，孩子们住的小房间，还有一个为幼小牲口准备。男孩们十八岁时将结伴离开部落，走进茫茫草原，在三个月时间内学习与同伴合作，以捕猎谋生，回来时变得英勇善战，拥有强健的体魄与过人的胆识。他们中有些人从此不再喜欢人群，更愿听从原野的呼唤。这种成人礼传统至今依旧保留着，它也曾筑就马塞人坚固的防线，在20世纪初让英国与德国殖民者束手无策。

离开马塞人部落时，纳普塔利对我说，来这里探访的游客常会以为马塞人贫穷，但事实上他们非常富有，不仅拥有成群的牛羊，而且马塞马拉是他们的土地，建立在马塞马拉国家公园内的酒店与度假村都会向马塞人支付费用。但这些马塞人依旧住在泥土小屋中，只因为喜欢简单的生活。

我想马塞人真是聪明，他们不必像发达社会的人们那样，拼命争取、掠夺，等东西到手后才发现一样都不是自己真正需要的。

回到酒店，酒店大堂的炉火已生好，我陷在大堂的沙发里喝着滚烫的红茶，盯着壁炉内跳跃的火焰发了一阵呆。还没等我回过神来，响彻云霄的呼啸声已来到耳边。一队盛装的马塞人开始围绕着沙发奔跑，不时变换舞步与歌声。依稀间，听见了动物的吼叫嘶鸣以及猎手的欢呼。深沉的和声伴随着尖锐的啸叫声，听得人心神震荡。连厨师都从厨房跑出来加入了舞蹈，他来得匆忙，还穿着厨师的制服，来不及换上猎装。他们结实的脚板拍在石头铺成的地板上，叭叭响。

整个酒店只有我一个客人，因为狩猎的季节还没有到。大概是怕我无聊，经理詹姆斯与我共进晚餐，穿着衬衫西裤的他也是马塞人，曾在瑞士专修酒店管理，精通英语与德语。来肯尼亚的游客大多是英国与德国人，而挑剔的美国人如今更喜欢报道肯尼亚的政治与经济，并不再热衷这里狂野的大自然。在等待头盘的时间里，我向詹姆斯询问刚才舞蹈的含义。他解释舞蹈分四段，其中第二段是跳高，马塞人认为跳得高的是英雄，跳得越高就可以获得越多女朋友。

主菜上来了，是腌渍小牛排。牛肉依肯尼亚人的烹饪风格被烤得很熟，调料颇似中餐。

我问詹姆斯："游客是否会影响这里的生态？"

每年动物大迁徙的七八月份，有成千上万的游客蜂拥而至，观看"马拉河之渡"，这片面积1510平方公里的草原上，人与动物拥挤得仿佛在赶集。

"影响并不大，马塞马拉国家公园内的酒店数量受到限制，而我们使用环保的太阳能发电器，澳大利亚制造。"詹姆斯对此很有信心，"在我小的时候，父亲时常会在阳光灿烂的天气对我说：雨季要来了。果然，不久雨季就来了。我问他如何知道这个秘密，他说，只要看动物就行。到现在，情况依旧如此，或早或晚，动物会和雨季一同到来。只是我依旧不明白，是动物们有预知雨季的能力，或者是雨季在跟随它们的脚步。"

晚上我睡得很沉，四周静谧无声，窗外是墨一般的黑暗，星星低得伸手可及。入睡前，我想起柏瑞尔·马卡姆在她《夜航西飞》中的句子，这个在肯尼亚长大的英国奇女子曾这样形容肯尼亚的寂静："世间有许多种不同的静默，每一种都有不同的意味。有一种寂静是伴随清晨的树林一同降临，它有别于一座安睡的城市的寂静。有暴风雨前的寂静以及暴风雨后的寂静，这两者也不尽相同。有虚无的静默，惊惧的静默，疑惑的静默……它是无声的回响。"

清晨，等待和我一起出发的爱德华

清晨的阳光里，马塞人的牛群在散步

落单的大象

传统的马塞人正在适应新的生活方式

乞力马扎罗的雪在融化

第二天一早搭飞机途经内罗毕（现在我知道，“Nairobi”意为凉的水），前往安布塞利草原。安布塞利位于肯尼亚南部，与坦桑尼亚接壤，那里最著名的景观是乞力马扎罗山与大象群。

“你走得太匆忙。”爱德华一边开着车在草原上狂奔，一边遗憾地说。因为车速很快，路上的小石子纷纷跳起，“哐哐哐”砸在车底。“得赶紧，在我读小学那年就知道，乞力马扎罗的雪正在融化。”听我这样回答，坐在副驾驶座上的纳普塔利大笑起来。

只能容纳十五人的小飞机在低空盘旋良久，终于上升。

快到内罗毕时，我看见了东非大裂谷。那道深色的伤痕蜿蜒曲折，渐渐没入周围的绿色平原，飞机的轰鸣中仿佛依旧能听见它开裂的声音。

出了机场，私人旅行公司的车已在等，这都是纳普塔利的安排。司机奈利同时也是讲解员，我选择了坐车而不是飞机，这一路大约要开六小时。路边长满不知名的灌木，风掠过它们白色的长刺，声音仿佛悠长的口哨声。

终于，非洲之巅——乞力马扎罗山遥遥在望，只是它白色的山峰藏在厚厚的云层后面。

在进入安布塞利国家公园前，我们下车在路边小餐馆午餐，餐馆院子里种着大蓬大蓬的热带花卉，遮天蔽日，院子角落躲着粉绿色的小蜥蜴，趁人不注意悄悄跑来跑去。

在继续前进的路上，奈利突然说："要下雨了。"

果然，前方的天色变成昏暗的黑色，衬得公路闪闪发光。暴雨很快砸下来，路边的牛群也聚到树下躲雨，但是树少牛多，它们只把脑袋伸到树下，身体留在雨中。

空气里是盛夏豪雨时独有的银色光线，奈利告诉我，世人常将"Amboseli（安布塞利）"解释为"咸味的尘土"，而"Amboseli"也可以解释为"海市蜃楼"，因为天气晴好时，阳光照在平原上，远远看去，折光就像平静的湖泊，你走近，它却不见了。

车很快越过那片雨云，重回阳光下。最先迎接我们的是斑马与角牛，然后是长颈羚，区分长颈羚与羚羊的办法是看进食的方式，长颈羚后腿站立，就能吃到树顶的嫩叶、花朵和果实，这些食物比草蕴含更多的水，长颈羚可在远离水源的地方生存。随后终于是重量级的旋角大羚羊与长颈鹿。安布塞利的长颈鹿一般都长着五只角，是稀有品种。可惜，还没见到大象。当然也没有非洲野牛，它们在五百米外能闻见入侵者的气味。

乞力马扎罗山越来越近，关于它的故事之一是英女王在 19 世纪末将它作为生日礼物送给了德国皇帝，乞力马扎罗也因此被划入德国殖民统治下的坦桑尼亚版图。事实上，事情并非如此简单，作为交换，英国人获得了印度洋海上贸易重镇桑给巴尔（Zanzibar）的控制权，肯尼亚的海岸线得到了巩固。

在经历了无数纷争后，如今肯尼亚人对游客说：乞力马扎罗依旧是肯尼亚的，因为它最美的一面，只在肯尼亚才能看见。

安布塞利草原，丛林正在消失

乞力马扎罗山下，羚羊在吃草

当晚我下榻在索帕酒店（Sopa Lodge），那是一片建在草原树林间的木屋，有茅草构筑的屋顶，让我想起霍比人的小屋。酒店花园内到处是参天巨树与形状奇特的仙人掌。太阳快落山了，空地上燃起了篝火，不远处，乞力马扎罗山在星光下显现隐约的轮廓。

我们都说威尼斯要沉了，而乞力马扎罗山的雪正在融化。它们代表着某种无法转圜的遗憾。世界上当然还有许多其他的美景，我以为能做的，只是经过千山万水走到她们面前，然后为她们的美，屏住呼吸，忍住泪水。

但是当我真的站在乞力马扎罗山下，才明白事情并非如此简单。

或许我们走那么远，不是为了看风景，而是为了去天地的尽头会一会自己。因为只有在那样遥远的地方，你才能把喧嚣的人世抛在身后。

M，原来走这么远，我不是要寻找你，而是要寻找自己。

第二天一早，我在鸟鸣声中醒来，餐厅依旧提供标准的英式早餐。突然，有人在我身后用美式口音的英语轻声道："快看！"我回过头去，刹那间被看见的景象震住了。

云朵缓缓漂移，海拔 5895 米的基博峰一点一点显露，在早晨的阳光中闪闪发光——这正是"乞力马扎罗"一词在斯瓦希里语中的意思：璀璨发光的山。

放下餐巾走到空地上，静静看着基博峰耀目的折光。那一刻，我明白了海明威写《乞力马扎罗的雪》时感到的那种恐惧，一种来自迷惘的、竭泽之鱼般的恐惧。原来生命可以像烈酒般一饮而尽，吞下腹去不知所终。我们都像是书中失败的作家哈利，贪图安逸，逃避辛劳，最后一无所获，满心惆怅。

和我并肩看风景的陌生人有双碧绿的眼睛，没有和大多数西方游客一样穿一身卡其色，而是穿着格子衬衫和牛仔裤。

“美国人？”我问。

他点头：“肯·布莱克肖，来自得克萨斯。”

我们是酒店仅有的两个客人。

早餐后继续一早预订的safari，肯在征得我同意后，也来参加。离开帕索酒店不过十分钟，路边就出现了象群，十多头大象正在灌木丛中吃早餐，不速之客的闯入并没有影响它们的胃口，它们依旧悠闲自得。此时，我已对斑马、长颈鹿与各式羚羊司空见惯。草原上膘肥体壮的斑马无所事事地站着，黑白交错的条纹看得人眼花。路过一片绿洲时遇见了水牛群，不知什么惊动了它们，大约五十头水牛在头领的带领下突然飞奔起来，扬起一片烟尘，而落后的那只则呆呆地留在路中央，奇怪的犄角让它看起来像梳了个中分头，加上它迷惘的神情，奈利大笑着掉转方向，小心翼翼地避开它继续前进。

观察山是在造就乞力马扎罗山的剧烈地质运动中诞生的，山下是雪水融化汇集成的沼泽与湖泊。白色的鸟群聚集在湖中的绿地上。不断有云朵经过，投下大块阴影。

我吃着三明治，肯和奈利在轻声闲聊。我默默注视着白色的鸟群飞过湖面，而更远处，有一头大象孤零零地站在沼泽中。落单的大象是很难见到的景象，因为它们是群居的动物，彼此互相照应。而那头大象却专心致志地走着，渐渐向沼泽中央越走越远，直到成为模糊的黑点。

或许我永远都不会知道，它为什么会独自出现在这里，又要去哪里。

漫长的告别

吃过午餐，我们前往机场，所谓机场不过是草原中划出的一条跑道，云层中有轰鸣。飞机在空中掉了个头，朝着跑道俯冲而来，那场面很像希区柯克的悬疑片《西北偏北》。

飞机载着我和肯这两个乘客，飞向印度洋边的小岛拉穆。起飞后不久，我们各自领到一只压得像螃蟹一般的羊角面包与一颗水果糖。机翼下是斑驳的草原，景色始终一致，让我不禁怀疑飞机是否在前行。正疑惑时，云层中现出一道彩虹。

“Over the rainbow（越过彩虹）！”肯说。我笑了，少年时代确实希望能有多萝西的那双红舞鞋。长大后才知，所有人不过是穿铁鞋走黄砖路，一点捷径也没有。

飞机降落后，肯搭乘晚些时候的飞机前往蒙巴萨，而我则搭木船前往拉穆古镇东南方的谢拉 (Shela) 区。

“我们得州见！你要来得州看我！”他用力握一握我的手，蓝眼睛里满是真挚的神色。走了很远回头，他依旧站在充当候机厅的简易帐篷下朝我大力挥手。

在码头上，阳光像蜜一样黏稠。渔夫挥着手说：“欢迎回来，欢迎

人来人往的码头，三角梅开得像着了火

回到天堂。”

拉穆人至今相信一个传说，他们的祖先是随郑和扬帆到此的中国海员，所以他们身上流着中国人的血液。赤脚走在小巷里，我却在怀疑自己前世是一个拉穆人。

在时间的河上

14 世纪建造起来的拉穆古镇曾是传统香料贸易重镇，蒙巴萨兴起之后，这里便衰落了，蒙巴萨的兴盛使得拉穆的沉寂显得更为无奈而漫长，但当潮水带来的东西又被潮水带走，将生命托付于海洋的拉穆人重新找到了他们的生活方式。

现在拉穆人在岛上过着自给自足的生活，海鲜与驴，是他们生活中最重要的部分。空气里的香料味道早已散去，如今的魅力来自伊斯兰文化与斯瓦希里文化交融而成的独特情趣。

这座白色的岛遗世独立，远离肯尼亚陆地，悄悄藏在印度洋上，也仿佛存在于俗世与时间之外。人们顺着洋流、逆着时间，风尘仆仆到这里来寻找灵魂的皈依与前世的乡愁。

无论贸易风与洋流如何改变，这个世界上总有许多人像信天翁一样必须漂泊很多很多年，才找得到自己真正的故乡。

第一晚下榻的谢拉别墅(Shela House)是幢白色的石头建筑，让我想起爱琴海边的小镇。它与邻近的海滨别墅(Beach House)、棕榈别墅

(Palm House)、花园别墅(Garden House)一起，属于摩纳哥公主卡洛琳。每家酒店都是独立别墅，其中最大的海滨别墅可住十个人，最小的花园别墅可容纳四人。每间别墅都有私人庭院与露台，管家负责准备三餐。我要做的不过是躺在露台的吊床内喝饮料、读小说、看风景，或者找艘三桅帆船出海去。

高高的雕花四柱木床上铺着白色亚麻床单，风扇缓缓转动，和拉穆岛上的所有房屋一样，房间内没有空调，隔着白色蚊帐，你可以看见印度洋蓝灰色的海，与远远的一线岛屿轮廓。唯一的电器是天花板上的风扇。拉穆人为每只杯子制造木盖，为牛奶罐编制串珠罩网，但他们对电视、电话之类毫无兴趣。

M，你不在这里，我只有独自在阳台上看天空，或者和萍水相逢的陌生人一起看风景。天空是悠远的蓝颜色，有镶着金边的银色云朵。鸟群在白色的石头房子间盘旋飞翔。

发现此刻的天空，和伦敦的、巴黎的、日内瓦的、佛罗伦萨的……都没有什么不同。但是我知道一切都不一样了，这不一样是从我心里生出来的，它改变了我看待这个世界的面目，就如同是改变了照亮这个世界的光线。

我们顾虑太多，要求太多，到最后绕了很远的路回来，留在手心里的，也还是最初的那一点感动。以为只要缱绻过一时，就能用这样的心去爱一世。但是在这激流一样的人世间，谁真的能够？

我现在不会再觉得心痛，只有一种难言的怅惘。因为我更加懂得你，懂得了人世的不确定。

Shela House

拉穆，白色的小岛

悠闲的拉穆

在港口玩耍的孩子

我在暮色中听着潮汐的声音睡去，空气里有熏香与蚊香混合的味道。我梦见一片迷蒙的雾一般的白色，而白色的尽头是另一片无边的空白。

19 世纪六七十年代，远离肯尼亚陆地、藏在印度洋上的白色拉穆岛成了非洲的加德满都，风尘仆仆的欧洲嬉皮士们到这里来寻找灵魂的皈依与前世的乡愁。岛上四季花团锦簇，渔民每天收获新鲜海产，正是传说中世外桃源最完美的演绎。因为拉穆岛懂得命运与流浪之间的紧密联系，为了这些信天翁一样的寻觅者，善于接纳与给予的拉穆岛将时间停在了最美好的那一刻。

一千多年前的阿拉伯商船，四百年前的葡萄牙入侵者，三百年前的阿曼人，一百年前的英国殖民者，他们都选择了拉穆这座印度洋上的小岛作为自己的停靠点与最后归宿。这座小岛为他们提供赖以生存的淡水、食物、阴凉，以及珊瑚、香料与奴隶——当时最昂贵的财富。

随后，我又搬到岛的南部去住，那里靠近港口，街道如同迷宫一般盘根错节。因为要应对高温，岛上的房屋都建得密而高，以阴影为彼此遮挡阳光。外墙上镶嵌着贝壳与珊瑚，不仅可防止墙面被海风腐蚀，也可防止涂鸦。人走在里面，像走在海洋标本建起的迷宫里。

而古老的拉穆岛本身就是件珍贵标本，记录下阿拉伯、印度与非洲斯瓦希里文化如何交织融合，也记录下东非海上贸易的兴起与衰亡。而我住的法图玛塔 (Fatuma's Tower) 旅店的历史，则记载下了它最后与最新的章节。

法图玛塔建在岛东南部的 Shela 区，藏在参天巨树下。我搭船从

Shela 港上岸，穿行于蜿蜒曲折的小巷，经过一户户民居与一间间驴子栖息的棚户。这些驴与在港口和我打招呼的长袍男子都让我想起《阿里巴巴和四十大盗》的故事。有些驴子慢慢从小巷那头探出头来，然后干脆停在路中央，尽管它们温驯而安静，我依旧担心自己身上陌生人的气味惊动了它们。穿黑袍戴面纱的女人路过，我紧张地问："它们会踢人吗？"

"哦，会的，它们会的。"她这样回答，听到她面纱后掩藏不住的笑意。我决定绕道。后来的几天里，我因为绕道躲避驴子而把拉穆岛上所有小巷都走遍了。

罗望子树下

法图玛塔的主人吉利斯 (Gillies) 在院子里迎接我们，他与妻子菲亚梅塔 (Fiammetta) 一同经营这家旅店。院子里随意放着古老的木头与陶罐，每一件看起来都比我老好几百岁。地上铺满细沙，我在上面踩出一串脚印，随后又被旅店的员工悄悄抹平。

"Fatum"这个名字来自一位名叫 Fatuma Abu Bakar（法图玛·阿布·巴卡尔）的斯瓦希里女贵族，在 19 世纪，她与她的六个女奴一起生活于此。她死后，奴隶贸易也走向终结，这座城堡逐渐荒废，废墟上生长出参天的罗望子树。1998 年，致力于古董收藏与文物修复的 Gilles 决定重现它的辉煌。经过数年修复，法图玛塔恢复了当年的面貌，而

Gilles丰富的文物收藏与Fiammetta独特的时尚品位又给这里带来了新的气息。

这里共有七间客房，每间根据房间风格拥有独特的名字，分别为：阳台套房、沙堡套房、顶楼公寓、阿拉伯树胶屋、花园屋、花园阁楼与孔雀屋。这里的十二位员工都是肯尼亚本地人，他们穿着旧衬衫，赤脚，安静得仿佛不存在。但你会发现花园的沙总是平整安静，桌上的花总是新鲜的。食物是正宗的意大利风味或当地口味。如果你需要些什么别的，就去花园的小屋找他们，他们像了解自己的掌纹一样，熟悉拉穆岛上的每一条小巷。

第二天，确定我对法图玛塔的一切非常满意之后，Gillies出门去了。他住在顶楼公寓中，那是一间刷成粉色与蓝色的屋子。门口有汪水池，从沙滩上回来可以在那里冲掉脚上的沙子。水池上铺着手绘瓷砖，水龙头是只精致的黄铜蜂鸟。

管家拉里带我参观瑜伽室与图书馆。在图书馆的院子里，拉里说：“你一定要来看看这个，它是来自中国的宝贝。”那是一只从沉船上打捞起来的古老陶瓷罐子，放在楼梯下的阴影里，上面隐约可见龙纹，做工精细，气势非凡。我小心抚摩着那条龙，告诉拉里：“很可能是来自六百年前的中国商船，它们满载着丝绸与青花瓷器走海上丝绸之路来到非洲。那时是中国的明朝。”

“Ming？”拉里好奇地问。

“这个字在中文里是光亮的意思。”

“哦，怪不得。这是Gillies最爱的收藏，这里的镇宅之宝。”

酒店无人打扫的角落，落叶满地

悠闲的拉穆

下午，我根据拉里的推荐，去拉穆楼(Lamu House)喝下午茶。拉穆楼位于谢拉区北面的拉穆古镇上。古镇建于14世纪，在2001年入选《世界遗产名录》。这里的驴子都在主人的照应下工作着，沿港口而建的泥土路是岛上最宽阔的交通要道。

拉穆楼就建在港口前，面对着拉穆岛与曼达岛之间的港湾。西班牙建筑师乌瑞克(Urko)因为对斯瓦希里文化的热爱而放弃了自己的工作，举家迁来肯尼亚。在修复了拉穆岛上的一所白色石头老房子后，他又在旁边建起一座相同的新房子。通过这样致敬式的重复，他以一个建筑师的方式展现了对这座岛屿与其独特风格的热爱。如果M在，他们一定有共同语言。而只能困在城市中，制造水泥盒子的M，一定会对Urko的自由，深感羡慕吧。

招待我喝茶的弗洛伦斯(Florence)女士来自巴黎，现在负责管理拉穆楼。她已经在拉穆岛生活了六年，并且没有离开的打算。

她盛情邀请我到拉穆楼小住："你可以赤脚走过白色光滑的石头地板，在阿拉伯风情的浴室中享受泡泡浴，环绕音响中播放的是我们特意找来的古老歌谣，就像露台外的印度洋一样悠远神秘……"Florence说话的时候，带着浓浓的法语口音，仿佛一首催眠曲。

茶室的旁边，就是拉穆楼米色的中庭，经过细心打磨的石料透着凉爽与温润之气。来客也可以在这里享用饮料，稍事休息。庭院中种着热带植物，并有一方碧绿池水。高大的拱门与年代久远的摇椅，就如同

《一千零一夜》中描述的景象。

我忘记了时间，也忘记了自己是谁。

与白色石材和古老木雕形成强烈反差的是颜色鲜艳、纹路繁复的织物，它们无处不在：靠垫、地毯、披肩……住客身处其间，反而成了可有可无的点缀。

喝过下午茶，我穿着夹趾拖鞋到码头上溜达。肯发来短信说肯尼亚爆发霍乱，嘱咐我注意饮食安全。而我深信天堂里没有烦恼，于是顺路向码头餐厅的老板内埃（Naoy）订了两打生蚝与两盘海鲜拼盘。6点钟渔船顺潮水回港，渔夫会将新鲜海产送来。

拉穆古镇悠闲安静，赤道的阳光晒得人头晕眼花。码头也在镇上，那里除了林立的小餐馆、酒吧以及旅馆，还有一所小学、一座博物馆和一家驴子诊所。小学曾经是这里的商会，对于岛上的人们来说，它就类似纽约华尔街上的证券交易所，因此为保卫它的安全，岛上的居民在厚重的木门上安装了尖锐的锥形木桩，如今为了保护孩子们的人身安全，木桩都被用铁皮封起来了。其实它不过是间天花板很高、没有任何电力设备的空房子，孩子们得就着日光看书写字。

至于博物馆嘛，也是虚有其名，整座拉穆岛都是世界文化遗产，一间同样空荡荡的、没灯没窗的房子能装些什么更有意思的东西？

驴子诊所倒是货真价实，在那里的“头等病房”里我见到了一头受消化问题困扰的驴子，此刻它享受着电扇与水果，但显然情绪低落。

我在博物馆门外混在一群拉穆少年中间乘凉，一个黑衣女人过来问

我要不要画 heena，那是一种从红树林根中提炼出来的颜料，画出的黑色图案可在皮肤上停留数周。我给了她几百肯先令，她将颜料调开，开始画一串蜿蜒的藤蔓，一边画一边哼着一首歌词模糊的歌谣。

黑衣女人怀孕了，神色中有特别的沉静意味。她深色的皮肤和分明的轮廓代表着复杂的血统，如果她愿意说，那她的身世也一定是一段传奇吧。

黑衣女人手艺娴熟，原本说好的图案已经画好，但她并没有停手，而是继续在藤蔓上画起了盛放的花朵，收笔的时候她轻声说："这些花，是我送给你的。祝好运。"

出海的三桅帆船到了。

海上浮生

曾经想象过要像个阿拉伯人一样，围上头巾、骑着骆驼穿越撒哈拉沙漠，如果想象没有边界，我还希望自己的腰上能有把镶宝石的弯刀，左手上停着只猎鹰。不过在这个梦想实现之前，我得到机会可以先像个阿拉伯人那样乘坐 Dhows 航行在印度洋中的拉穆群岛。

"Dhows"，意为单桅三角帆船，并且专指阿拉伯人在印度洋地区使用的帆船。位于肯尼亚东南海岸线的拉穆群岛主要由拉穆、曼达、帕泰和基瓦尤四个大岛组成，附近还散布着较小的岛屿。其中最大的城镇建在拉穆岛上，因为群岛中只有拉穆岛的地下有淡水。

7世纪开始，崛起的阿拉伯人逐渐将印度洋为中心的贸易线路纳入他们的版图，他们使用单桅三角帆船将黄金、木材、香料、丝绸经印度洋运送至非洲，在沿海地区停靠中转，在补充给养后他们继续向欧洲进发，同时带走奴隶。拉穆群岛位于印度洋上，临近肯尼亚东南部海岸线，并有充足的淡水资源，于是成为重要的中转站与货物输出码头。

但世上的一切都自有其时。洋流会改变，命运也如此。9世纪时蒙巴萨因为更优越的地理条件崛起，成为印度洋上的贸易中心，直到如今，它依旧是肯尼亚第二大城市，是工业重镇、贸易和金融中心。蒙巴萨的兴盛使得拉穆人重新找回了他们的生活方式。

从此以后，他们依旧驾驶当初贸易时使用的帆船扬帆出海，只不过不再是为了香料、黄金和奴隶，而是为了鱼生、牡蛎、红树林或者建造房屋的材料。当有客人到访的时候，他们也非常乐意充当船长与向导。

在亲身体验之前，你很难想象，在经过一千三百多年后，当外面的世界经历了那么多沧海桑田的变迁，世界格局多次被改写，而这些庞大的白色翅膀依旧以当年的姿态乘风划过印度洋的波涛，航行在这片神秘海域，穿梭在岛屿之间，就如同某种神圣而罕有的标本。仿佛只有到了拉穆，才真正明白了人的一生在时间长河中的意义，正如同庄子两千多年前在蜉蝣身上得到的那个小小启示。

如今船上不再有成吨的货物，所以设备随客人喜好而有所增减：你可以只雇个船夫，也可以要求他们准备烛光晚餐。你可以要求使用柴油马达，或者让风带着你漂。你只要到码头上随便找个坐在阴凉下无所事事的拉穆人打声招呼，他就能微笑着帮你弄到艘漂亮的帆船。

拉穆就是这么一个简单的岛屿：除了遵守基本的道德准则与宗教信仰，你在这里没有任何陈规约束。你可以随意指着天际线上的遥远小岛说：我们去那里吧。船长就掌舵起航。至于出发时间嘛，早上出发也行，日落时出发也行，半夜出发当然也没问题。

衰落未必就是全然的失去，历史的段落起承转合，书写着超越人类哀乐的篇章。印度洋多变的洋流给拉穆带来繁荣与衰落，带来各个种族的商人、移民，也造就了她的混血气质，以及丰富而自我圆满的信仰。

在 20 世纪六七十年代，西方的嬉皮士们也曾来到过这里，他们很可能是先到了印度，然后和当年的印度香料商人一样，随印度洋上的洋流来到非洲。后来印度人经商致富，经营着肯尼亚大多数超市、餐厅，而嬉皮士们则散漫度日，然后在某天洋流变化时带着满脸曝晒造成的雀斑重回欧洲。他们中也有人留了下来，在逐渐兴起的高级私人旅店里担任管理层，或者干脆自己买座被废弃的城堡开家旅店，在房间里堆满自己大半生周游世界积攒下来的宝贝或垃圾。他们身上手工制作的棉衬衫表示他们并不介意随波逐流，他们区别于当地人的粉色皮肤和蓝眼睛又在提醒别人：他们是些见过世面的人，多少有点小坚持，比如说，尽管生活在景色如画的拉穆岛，他们每年都要出门度假，或者回趟欧洲，或者只是去马塞马拉再看一次动物迁徙。

一个穿蓝色汗衫的长发船长考瓦(Kowa)，一个穿德国队球衣的大副，加上穆罕默德做讲解。船长介绍说，他的船叫“尊严”，名字用蓝色的漆写在船首。船侧则挂着圆形的木牌，上面画着月亮与星，那是拉穆岛上特有的吉祥符，可以保护门户安全以及航行顺利。在拉穆岛随处可以看见这个标志。船长在助手的帮助下利落地升起了洁白的风帆，在下午的艳阳下，白色帆布折射出耀目的亮光，一如我振奋的心情。接着风帆在风里发出几声脆响，表示它已经准备好了，我们正式出发。

当船长掌舵注意着礁石与风向的时候，我则研究那些与“尊严号”擦身而过的帆船的名字：有一艘叫作“I Will Be Back（我会回来）”，船长估计是《终结者》的超级影迷；有一艘叫“Lulu”，意思是“珍宝”；还有一艘叫“Beyonce（碧昂丝）”，毫无疑问是个女孩的名字。更多的船只都是以船长夫人或女朋友的名字为号，这仿佛是天下水手们共同的爱好。

帆船一路向北，经过曼达岛一角，两个穿红裙子的白人姑娘正在向导的带领下在浅水区割牡蛎。出发前我已经在码头的餐厅里预订了两打。不过后来我才发现，拉穆的牡蛎个子非常袖珍，摊开手掌能摆上两三只，而且也不够肥美，可能还没到吃牡蛎的最好季节。

四周只有水声，看不见的风将白色的帆鼓得满满的，推着帆船快速而安静地前行。我感觉那水声带着清凉浸到了我灵魂深处。我把手臂晾在海风里。高温让我有时想念内罗毕的凉爽。丹麦女人凯伦·布里克森曾在这里收获一个男爵夫人的头衔与一段终究破碎的爱情。最终，她的完美天堂里只剩下孤独。一本《走出非洲》，记录下她永远的心痛。

我们的船渐渐离开拉穆岛前往曼达岛，回头的时候看见拉穆镇离我们远去，建在水上的轮廓颇有几分威尼斯式的堂皇与惆怅。

曼达岛在拉穆群岛中同样拥有重要地位，因为这座岛屿可以为其他岛屿提供建筑材料，拉穆镇上的房子必须使用曼达岛上的石材与沙土。很多不想被打扰的人也从拉穆镇移居曼达岛，并通过帆船高价从拉穆镇上运来淡水与食物。

透过曼达岛北部郁郁葱葱的红树林，穆罕默德指着一片隐约的废墟说，那是塔夸废墟 (Takwa Ruins)，当年伊斯兰商人在这里面向麦加所在的方向建造起来的圣城，尽管早已荒芜，但依旧有信仰伊斯兰教的居民来这里朝圣。其中名为 Jamaa 的清真寺是最为显著的建筑，依旧保存着壮观的立柱，有研究表明，这里曾埋葬过身份尊贵的酋长。

正因为海水的阻隔，很多像塔夸废墟这样的历史遗迹被不受打扰地保存下来，从而使传统肯尼亚斯瓦希里文化的发展过程中，一些独特而重要的历史段落在这些岛屿上得以保留，并在 20 世纪逐渐引来越来越多研究者关注的目光。

我们很快就要抵达拉穆群岛的最北端了，而太阳正在落下去。船长 Kowa 示意大副掉转风帆，准备返航。

我指着海的另一端问："如果我们一直向这个方向行驶，最后会到哪里？"

向导穆罕默德回答："印度，一个叫科钦的港口。"然后他看着落日陷入沉思，夕阳同样在大副浓密的睫毛上染上一层金色粉末。大家都不再说话，四下只有水声。拉穆岛又渐渐离我们近了，云彩在她身后描画着她的轮廓，有楼房，有椰树林，还有依稀的灯火。在恍惚不明的灰紫色薄暮里，我不知道是要回去享用我丰盛的晚餐，还是干脆回到一千多年以前的旧时光里去。

码头越来越近，船长和大副收起帆，摇着船桨让帆船靠岸。我终于看清楚迎接我们的是现代的电灯。我与向导和船长在暮色里挥手告别，他们的深色皮肤很快隐没在黑暗中，走出很远依旧能听见他们说再见的声音。

远处，太阳开始落山了，玫瑰红的晚霞勾勒出拉穆岛的轮廓。丹尼尔在告别时曾说：You are a travler（你是一个旅行者）。当时的我正努力沉溺在自己的伤心里，并没有细想，要到此刻才明白他的意思。游客走过风景，而旅行者则让风景从自己的内心走过。(A tourist goes through the scenery and a travler let the scenery go through himself/herself.)

回到酒店，在餐桌前坐下来，厨房里飘来龙虾与土豆的香味。一个下午的航行让我有点脚步不稳，餐桌也仿佛在浮动。在头盘上桌的那几分钟里，我回忆起那段行云流水顺风满帆的航行，心想，如果我们的人生也能如此顺遂安宁，就好了。

我知道，这一次旅行，我经过了肯尼亚的风景，而肯尼亚经过了我的生命。她告诉我，在时间的河上，人的一生何其短暂。她告诉我，我们索取得那么多，而真正需要的，又是这么少。

离开拉穆岛前的清晨下了阵雨，温度也降了些。窄巷间有孩子晨读的声音，转几个弯依旧听得到。

回到内罗毕，白衬衫和卡其布裤子已皱成咸菜。因为不涂防晒霜，阳光和海风的威力开始在皮肤上充分显现。我在机场重新见到了司机奈利，他正在读当天的报纸，头条说新一届和平内阁已诞生。连日来，虽身处新闻报道的风暴中心，却不读报也不看新闻，只感觉到与世隔绝的宁静。而拉穆岛上画的 heena 此刻已有了自己的生命力，在我手臂上不断蔓延生长。

傍晚，我坐在机场的候机厅写明信片，身边是按照真实比例制作的大象雕塑。拿起笔思索良久，最后这样写道：现在我出发去印度，一切都很好。

船夫和船一同栖在风里

船长 Kowa，他的名字是“花朵”的意思

Chapter 06

印度
印度洋的季候风

我经过印度洋，一路北上去看望世界上最寂寞的阳台。
原来有些人，确实深深爱过。

等待的开始与终结

从内罗毕前往孟买的航班上，我彻夜看着《夜航西飞》，抵达的时候是凌晨4点。然后转飞科钦。其实所有景色都那么美，只是路这么远，到后来，就觉得有几分荒凉。

我的这场旅程有一个伤感的塞车的开场。接着，这位眼神忧郁的司机在过桥的时候，差点为躲避一只过马路时犹豫的小狗而将车开进河里去。

酒店建在人工岛上，要到科钦的老码头，最方便的是搭渡轮，船资是一卢比。和我同行的，是上班的人们，肤色黝黑，笑容腼腆。科钦码头上最有名的是“中国渔网”，它们有数米宽，必须两人协力操作。

这么大的渔网，我真怕收拢的时候里面什么都没有。当地人告诉我，如今它们只是摆设而已，就像科钦曾经闻名世界的香料市场。我在码头上看着男人们驾渔船来来去去。

以前，海边的渔民以捕鱼为生。冷暖洋流交汇的季节，女人们在海边目送自己的男人出海。风鼓起帆，将船带走，也带走她们的心。然后风向改变，再将他们送回岸上。周而复始，在等候与回归里，过了一生。

她们的等待有确切的开始与终结。她们的等待都在海上。

科钦码头的中国渔网

科钦码头的鱼摊

M，但我却不知道你什么时候离开，又去了哪里。没有提示，没有告知。结局总是隐藏在漫无目的的猜想和逐日失去控制的悲哀里。即便是你在我身边的时候，我也无法确定，你是在这里吗，身与心都在吗？

而如今，你又是在哪里？随身带着那些记忆作为行李或者已全然遗弃？

然后科钦开始下大雨，没有一点要停歇的意思。

我在大雨中离开了科钦。

泰姬陵，最美的一颗泪珠

黑夜飞到白天，白天飞到黑夜。从北到南，从南到北。每次乘务员来送餐的时候，我都在昏睡。仅有的意志力只够抬起几根手指，然后微弱地挥动一下。

好久没有觉得这么累。迷蒙间，我想起书房角落里那只镜框，如今它应该积满灰尘了吧。

镜框里面夹着一张从《旅行者》(*Travler*)杂志中潦草撕下来的广告。那年印度大做旅游宣传，拍摄了一系列广告大片，口号沿用至今：Incredible India（不可思议的印度）。我撕下来保存的那张是黑白色的泰姬陵。

有些东西老是在电视上看见，你就难免会想去见见它的真容，就像长城、悉尼歌剧院、罗马斗兽场之类。

从德里酒店的窗口望出去，德里是昏黄的一片，鸽群不断盘旋。自上次在威尼斯后，我再没有见过这么多的鸽子。“像一把种子迎风飞扬”。在黄昏里想起《英国病人》里的句子，说不出的苍茫。好像这城市建在沙漠中一样。

天亮的时候，到礼宾部塞点小费，要求以最快的速度租辆好车去阿格拉(Agra)。

车在十五分钟内就到了。司机问我想看什么，我说:“看一眼泰姬陵，然后你就送我去国际机场。”他说：“不不不，我们要去看三个地方，尤其是阿格拉·福特(Agra Fort)，也很好的。国王沙杰汗就被关在那里，日夜在阳台上眺望泰姬陵。”

这事情听着也蛮苍凉的，于是我同意了。

天色渐渐亮了，还有最后一段旅程。我看见有一只孔雀，孤零零地站在路边。

两百多公里的路，开了近五个小时。司机对阿格拉的评价很简单：穷且人多。人确实很多，街道并不干净。但隔着窗玻璃看出去，还是很美好。电影院外面贴着巨大的电影海报，我最喜欢的宝莱坞电影是《宝莱坞生死恋》，那也是我看过的时间最长的电影。

到了阿格拉，车停路边，上来个人自称导游，我没有领教过印度人的热情，又怕人多吵闹，因为习惯一个人，可以理所当然地冷着张脸，一句话都不说。于是解释说：“我没请导游，我也不说英文。”司机拨通公司电话，里面有个人说：“女士，这是我们附赠的服务，免费。”一定是那个周到的酒店礼宾私下做的安排。

这样的好意，我不知道该如何拒绝，坚持说："我一句英文听不懂，找个人跟着，太浪费。"

导游笑了，保证说："我会说得很慢很慢。最重要的是，你不发问，我就不多话。你有问题，我一定回答你。"

我只好答应了。

导游的职业病还是犯了，他开始从莫卧儿王朝的历史说起："强盛的莫卧儿王朝确立了印度的风格。而美女阿姬曼·芭奴不是印度人，是乌兹别克斯坦人，她经丝绸之路来到印度，成为国王沙杰汗的第二个妻子。"

我说："那你觉得，花那么多钱造一个墓，是否值得？"

导游说："It's passion!They love each other by heart！（当然啦。这叫激情！他们可是真心相爱！）"

我沉默良久，继续打岔："有人说沙杰汗想为自己造个黑色的陵墓，真的吗？"

导游对此嗤之以鼻："不，他从来没有这个打算。他一开始就计划与爱妻合葬。相爱的人，却葬在不同的墓里？没道理嘛。"

只是在与挚爱再次相见之前，他经历了漫长的幽禁岁月。他被囚禁的阿格拉·福特是暗红色的，曾经也是世界上最辉煌的宫殿。除了规模庞大的后宫，还有图书馆和花园。大家在昏暗的大厅内抬头想象当年的繁华。彩色的宝石都已经剥落，吊灯也没有了踪影。

沙杰汗的寝宫正朝着泰姬陵的方向，以白色大理石建造，上面刻满繁复的花纹，这是世界上最精美的监狱。站在阳台外，凝视着不远处的

阿格拉堡

沙杰汗当年的寝宫，他曾被幽禁于此

墙上细密的花纹中曾镶满宝石

从阿格拉堡远眺泰姬陵

泰姬陵，我仿佛懂得了沙杰汗的心。可望而不可即的无奈与绝望。他是否曾经祈祷时间快点过去，早日安睡在爱人身旁?

现在，人们都忘记了沙杰汗的荒淫跋扈，只记住了他执着一念的爱情。代价就是：除却星期五，每天都有人去瞻仰他们的爱情，永无安宁。

到了泰姬陵门口，下车前导游说：钱放口袋，别随便拿出来。兜售的小贩，一律不要搭理。我听从他的教导，沉默地跟在他身后，在那片耀眼的白色中，抬起头来仰望。

只是从没想到，我和一个陌生的导游一起去看泰姬陵。

我只能说：她是白色的，对称，平衡，很美。

就和照片里一样。

她是世界上，最美的一颗泪珠。

Chapter 07 赫尔辛基 告别的站台

赫尔辛基的火车站，由你最喜欢的建筑师设计。走了这么多路，却没有与你重逢。

两个人，不等于我们

早上六点半起床，开始到书房工作。风是软的，饱含水汽。因为这是你曾使用过的书桌，你曾看过的窗外风景，所以觉得自己并不那么孤独。又或者，更孤独。无非是各自从命运的掌心领了伤口来，默默承受。

门铃响。

门口站着一个年轻女子，妆容精致，当季的套装穿得一丝不苟。

我知道，她是谁。

她也知道，所以并没有自我介绍，只是在客厅沙发坐下来，四下打量。

“要喝点什么？茶？咖啡？”

“茶。”

我到厨房给她倒茶，等水开的时候告诫自己要镇定。

“房子不错。”她说。M 没有带她来过这里，也算是给我最后一点面子。

“我们决定先订婚，然后慢慢准备结婚的事情。”

我当然知道她说的“我们”是谁。“恭喜。”我轻轻转着手里的玻璃杯，怕自己不小心会捏碎了它。捷克水晶玻璃杯，晶莹剔透，不能浪费在这样无聊且无趣的场合。

“这房子，我们当然不会再住，而且已经在看郊区的别墅。我想，这个地段，要是出租的话不愁没有人要。”

我有些诧异地看她自信满满的脸：“什么意思？”

“这间房子，我要出租。你什么时候搬出去？车，你可以留着。毕竟，你们这么多年。”

我明白了，她以为这是M的房产，她要是做了夫人，这里自然也就是她的房产。连人都是她的，自然一切都是归她所有。

我不怒反笑：“不管你信不信，房子和车，都是我自己的，和你的未婚夫没有关系。而我们这么多年，和你没有关系。”

她嗤笑：“现在，当然和我有关系。就算房产证写你的名字，也是他出的钱，大不了我们上法院。”

“不，是我出的钱。不是每个人，都靠他吃饭。”我放下水杯，免得自己做出过激行为。

“你以为我会相信？”

我用最后一丝耐心说：“那是你的事情。和我没有关系。如果你不想走，我报警。”

她风卷残云一样踩着高跟鞋走了。我纹丝不动地坐着，好像只要一动，身体上那个看不见的伤口就会崩裂，我就会血流如注。

不知坐了多久，才想起日子要照样过。洗过澡，神志恢复清明。打开衣橱，看见夏天的白衬衫和冬天的黑大衣挂在一起。想起来这么多年，我也是有遗憾的。比如说，在初中那年放弃了钢琴。后来又放弃绘画。以前班上的女同学总是喜欢央求我给她们画杂志里的美女。尽管最后做了时装管理，却终究离艺术道路差了许多步。

美术老师曾把我当作他最满意的学生，虽然我没天分，但他说：你的感觉很好。他的肯定大大鼓励了我。一开始，我用这感觉去猜数学选择题，后来，我用这感觉去猜爱情。结局真叫人伤感。

身边的朋友恋爱、结婚，还有的已经升级当母亲。我却似乎总是缺少她们这种应对生活的能力。或许是我蠢，或许是我的灵魂有残疾，或许是时间的关系。

办公室，如今像是一间避难所，正亮着明亮的灯光，在城市的另一端等待我的降临。专心开车，除了路况什么都不用关注。在路口等红灯的时候，鸽群在浅金色太阳与白色云朵下飞行，暗影迅速聚拢、回旋又四散，投射到路面上，如穿着灰袍的幽灵无声飘游。我等着那暗影找到我，飞速蒙住我的眼睛又飞速离去。感觉自己的睫毛与灵魂都在瞬间被鸽子的羽翼温柔抚过。

当珍珠成灰，水晶蒙尘，白发三千丈，我们方才能明白：没有幸福，只有自由与平静。但身外的世界，也并不平静。唯肉身，承受内外煎熬，日渐消瘦。

从那个时候起，我时常有凝滞之感。整个人，很慢，很静。好像连说话都没什么力气，一句话，分三段不紧不慢说完。有人与我说话，会迟缓地将整个上身转过去面对那说话的人，并要过数秒才能对那些词汇做出一点反应。不晓得用什么表情好，所以常常冷着一张脸，顺便脑子放空，神情也随之一片空白。

手上还是时常会有不知名的小伤口，觉得刺痛时才会留意到，但无论如何也想不起来是什么时候伤到，也没心思追究。以前遇到这样的伤口，会拿去秀给 M 看。

“怎么又弄伤了啊？”他会关心地说。

月底，裴明照例招待功勋员工聚餐，餐厅临着河。我站在窗边看了一会儿，桨声灯影，对岸似乎也是饭店，临河有回廊，廊下挂着大红的灯笼，衬着墨绿的树影，并不觉艳或俗。若是早了几百年，乘小舟从这河上来，满眼琉璃灯火，满耳丝竹管弦，的确可以忘天下事，以为自己是谪仙。

菜渐次上桌，我不言不语地埋头吃。裴明给我倒半杯葡萄酒，低声说：“你再这样下去，我真的要担心了。”

赫尔辛基，等不来你

飞机降落在赫尔辛基机场，这阴霾的天空，多么像你的沉默。街上的行人还穿着厚外套，但越来越晚降临的暮色告诉我，我已经在季节里走了很远，春天已经到来。

我记得，第一次听说赫尔辛基，并对这个北欧城市产生好奇，是因为大学时候的一堂建筑艺术欣赏课，上课的老师将他拜访赫尔辛基时的照片整理成幻灯片播放。我第一次看见那种灰白色的光线，让人想起安藤忠雄的光之教堂。那也是我刚遇见你的那年，常常跟你去听建筑系的公开课。

现在想起来那个老师也是个很有意思的人，站在偌大的讲台上，仿佛一枚被海水冲上岸的贝壳。手机响的时候他一把抓起来放在耳边，半天也不说话。

我越走越远了，大声呼喊都无法让你听见我心底的痛楚。但我还走得不够远，依旧没能微笑着站在你面前。我至今依旧清楚记得，当老师说起北欧的建筑流派，说起代表作品赫尔辛基的中央火车站，以及它的设计师——诸多建筑师心目中的偶像埃利尔·沙里宁（Eliel Saarinen），你目光中的仰慕，我甚至还牢牢记得，那天你穿着洗得泛白的黑色汗衫和破了洞的旧牛仔裤。

从那时起，在我的心底，一直留存着这样一个梦想：要和 M 开车去北欧看极光，就从赫尔辛基火车站出发，到北极圈后再租一辆车继续前行。两个人穿同款的防风衣，一起研究地图，轮流开车休息。夜里我裹着毯子在副驾驶座浅睡，当金黄色的车灯穿过黑暗，整个世界寂静一片，只听到他轻轻的鼻息。曙色微明的时刻他停车叫醒我，车里洋溢起热红茶的香味，两个人并肩看粉色的朝霞在山谷那头升起来。

如今时光流转过六年，我到了赫尔辛基，而你我，已不在一起。那个在我们生命中最重要的人，或许在你身边的时候，能感觉到的也只是淡淡的温暖而已，并不比一杯热茶更显著。但当你失去他的时候，整个世界在瞬间荒芜。

只知道我们总是战胜空间，却对时间无能为力。

我到达赫尔辛基的时候已经是四月底，那里的积雪刚刚开始融化。从机场搭巴士赶到市区。迷路加上言语不通，一番周折才终于见到当年在大屏幕上见过的景象。原本让人觉得冷漠不好接近的北欧人，其实不过是感情内敛而已，心地都朴实而真挚。每次只要在街角打开地图露出疑惑的神情来，很快就会有人主动过来用生涩的英语问我想去哪里。

我很不好意思地说："我迷路了。"

一个和蔼的中年大叔大笑着说："怎么可能，没有人会在赫尔辛基迷路的，因为它实在太小了！"然后他亲自带我朝火车站的方向走去，确定我不需要其他帮助，才离开。

站在昏暗而堂皇的候车大厅，那瞬间，有与老友重逢的感慨。这才发现，原来在心底还是有过盼望，走这么远，还是没能忘记。或许是太累的缘故吧，某个瞬间，我将这个陌生人的背影错看成你。想要飞奔过去的瞬间，泪水模糊了取景框。多么希望，这世间所有的错过，都是和你。

手提电话在这个时候响起来，是M："你在哪里？"

"你忘了吗，我们已经没有关系。"

"告诉我，你在哪里？"

"我在赫尔辛基，火车站。"

电话那头一片沉默："对不起。"

没关系。

"你好吗？我想你了。"

你好吗？其实我也想念你，还有你容易疲惫的眉梢。听着你的声音，我仿佛听见时间经过耳边，微微吹起发梢。我已经在时光里，旅行了将近三十年。想起你的时候，已有海枯石烂的感觉。

M，曾无数次设想我和你的故事会有怎样的结局，却没有料想被一个不相关的陌生人演化成了一出闹剧收场。爱或许真的是很恐怖的事情，因为我们爱的时候，心内总有太多挂碍，有太多颠倒梦想。而结局，永远无法按着你的愿望实现。

但是M，我想要告诉你，这都没有什么关系，因为，我总是能明白你。

kamera

傍晚的候鸟

芬兰是个睡在湖光水色中的国度

Chapter 08

墨尔本
南十字星空下的想念

这里是蔷薇和长羽鸟的天堂。世界的另一端。也许远离，才能靠近。

记忆到站

这年的冬天来得早，天很快就黑透了，但睡眠问题依旧没有改善，开始在临睡前的牛奶中掺威士忌，结果做很多的梦。我想念苏格兰夏日的长日无尽，空气里有水晶的光泽。有一年的复活节，我和 M 去苏格兰玩。火车离开国王十字车站不久，我枕着 M 的肩膀沉沉睡去。醒来的时候，车窗外已是苏格兰陡峭的悬崖，蓝灰色海水拍打着，激起苍白浪花。小小灯塔，站在堤岸的尽头。海鸥的翅膀，不断闯进我的眼睛。

不久车窗外开始出现连绵的山脉，远处的山峰上还留着一点点去年的积雪，看着渐渐显现的山峰，同车厢的登山者们小声议论一番，开始收拾装备下车。

在苏格兰高地生存的民族，必然是坚韧并且质朴的。那里除了高山便是大海，土壤贫瘠。山上大都是苔藓植物，而延伸到海中的岩石，是冷峻的灰白色。在自然的博大广阔与人类的渺小狭隘之间，产生出深深的热爱与敬意。

到达终点站的时候已经是晚上近十点钟，火车就停在海边，人群四散开去。天空依旧是明亮的。我们在雾气里行走，想找一个 B&B 过夜。

可惜都已经客满。正准备在火车站长椅上过夜的时候，看见火车站旁的海港里泊着一艘船，想如果不能在这里找到住宿，那就连夜到对面岛上去吧。对面岛上也是连绵的山脉。山脚有白色的房子，亮着灯，金色的温暖灯光映着明灰色的清澈海水，仿佛是一场近在咫尺但又不能到达的梦境。

走近了却发现船上没有一个人，只有一群孩子在码头上玩一辆超市的购物推车。他们被我们两个外地人要坐船过海的想法逗乐了，指着停在一边的公共汽车说：坐那个就可以啦！这船不去对面的。

正好还有最后一班车。公共汽车上除了我们两个人之外，都是沉默的苏格兰当地居民，浅色的头发，碧绿的眼睛，粗花呢的外套，坐在阴影里，和这渐渐暗下来的天色很搭调。公共汽车开得飞一般，驶过跨岛的长桥，桥下的小岛边缘静静站着白色的灯塔。我看着桥底下的蓝灰色海水，突然想起来，这就是大西洋了。最后，终于找到一家还有空房间的小旅馆，刚安顿下，发现天已经一下子全黑了。好像有人突然熄灭了一盏灯。

我们住的房间其实是阁楼，房顶有一个倾斜的大天窗，早上醒来，看见巨大的灰白色海鸟停在上面看风景。离开的时候，那个旅店的女主人一头白发，送我们到门口。道别的时候，我说能住在这里真的幸福啊，她想一想，说："Well,you may appreciate it more than we do.（嗯，你可能比我们更欣赏它。）"

甲之熊掌，乙之砒霜。世间许多事都如人饮水，冷暖自知。

我们坐在超市门口的长椅上，吃掉一整条法国长棍面包。然后一起去探险，在山间的溪流中看三文鱼逆流而上，顺应生命中无可解释的召唤，从海中回到山间产卵。不知道那些倔强的鱼可曾有问过原因，当时间到来，一定要历经艰难、不眠不休地回到当初出生的地方。作为人类的我们，时常迷惘，时常想大声呼喊，时常在问为什么。但其实很多事情没有缘由。就如同，爱若死了，就是死了，捡拾不起，呼喊不应。

在高地之都依文尼斯空阔的广场上，几百支风笛同时奏响，悲怆激昂的乐音响彻云霄。又因为我贪吃最后一块比萨，差点错过火车。当我们俩火箭一样飞奔高呼着冲进站台，整列正要离开的火车突然停了下来，列车长笑着让我们上车。回伦敦的时候，我偷偷在路边买了一把牛角柄的拆信刀，准备当作生日礼物送你。这把漂亮的拆信刀，M曾珍而重之地放在玻璃书柜中。

如今想来，或许故事的结局一早就已经注定。

M，有时候我真有些担心，总是无法鼓起勇气去见你一面，却又是这么这么想念你，想到后来，会不会难过到死掉？当然，我知道我不会死，明日早晨依旧会比闹钟早五分钟醒来，沐浴更衣喝水上班，画图改设计处理邮件，被堵在车流里听广播……我们时常感慨生命之脆弱的同时，也一样赞叹生命的强大与丰盛。

记得那些你刚说过要离我而去的夜晚，很暗，冷到彻骨。我独自坐在暗中，以为天不可能会亮了。但，一日一日，我擦干泪水从沙发上站起身来。晨曦是粉色的。大衣、长靴、微笑，都是一等一的专业姿态。对自己说，不过是，搭台唱戏，唱念做打，样样都要精，件件似模似样。

不过有时候仍是会怕，不是怕会死掉，那些终究避不过的事情有什么好怕。而是怕来日卸下这层层伪装，再认不得自己的真皮相。我们都是这样活下来，然后要这样活下去。

然而，活着当真就是最好？

我把积累下来的调休统计一下，不算上春节假，居然还有两个礼拜。只有再一次，拿起电话预订机票。只是这一次，该去哪里呢？哪里才能找到那个我们曾共同度过的夏日呢？

请再告诉我一次，M，年轻不是我们爱情唯一的原因。

南十字星空下的漂流

天边如烈焰般的晚霞渐渐熄灭了。我登上皇家加勒比邮轮公司的“海洋迎风号(Rhapsody of the Seas)”，将灯火辉煌的悉尼港留给了渐行渐远的地平线，在南十字星空下开始向更南的南方航行。船开动的瞬间，我突然想到，M，这个世界上最北端的地方，是和你一起去的。如今，我要独自往南走了。

广播里正用英语、西班牙语、日语、韩语与广东话催促大家前去五六层甲板之间的剧院观看欢迎演出。回到船舱，发现桌上多了只蓝色文件夹，里面全是各种活动的时间表。黑暗中传来隐约的乐曲声，还有马达与波涛的声音。

第二天一早，老远就听见船员在甲板上高呼：“Sea day！”

航海日第一天，阳光穿透云层，直直投射进九层甲板上的露天泳池，让人觉得在太阳眼镜与防晒油上的巨额投资非常值得。

“海洋迎风号”是个庞然大物，飞机在悉尼港上空盘旋时我就已经透过舷窗看见了它。船上共有十一层甲板，九百九十九间客房。

第四层甲板是摄影长廊，登上“海洋迎风号”之后，我发现到处有镁光灯在闪，不断有人对你说：“来，笑一个！”我想，这大概就是我来这里的原因：努力笑一个。

第六层甲板是整艘船最歌舞升平的一层。歌舞厅、月光湾大厅、剧院以及商场都设在这里。商场内的最畅销商品是斯蒂芬 · 金 (Stephen King) 的惊悚小说、折扣香水以及价格实惠的烟与酒。

这些都不是我的爱好。

麦特 (Matt) 是邮轮摄影师，一年四季都在海上漂着，从一艘邮轮到另一艘。在数次要求我笑得灿烂一点而未果之后，他决定带领我参观船上所有的娱乐设施，为着是“让你高兴起来”。他带我穿梭在交谊舞池、酒吧到 DISCO、KTV，熟门熟路，仿佛闭着眼睛都能认路。这个从五岁开始就从事娱乐业的英格兰人在邮轮上重新找到了人生的意义：“虽然我们离陆地很远，但我们依旧关注岸上的潮流，你看舞厅是重新装过的，曲库里的歌也会定时更新。你要不要来跳支舞？”

看着他眉飞色舞地介绍着这艘船，我不禁问：“难道你不会厌倦吗，这样漂泊的生活？”

“我或许会厌倦生活，但是不会厌倦漂泊。更多时候，我喜欢与现实世界的这段距离，因为我觉得邮轮的意义就在于给你个机会‘往后靠靠，看世界经过’。或许人生也是这样的。”

圆形舞池里挤满了学跳舞的人，不少已经白发苍苍。

当空间有限，时间的存在就变得分外明显。

“来，笑一个吧。有些事现在不做以后就没机会了。”麦特不依不饶地说。

个子娇小的金发舞蹈老师差不多已经被人潮淹没，只能听见她从麦克风里传来的指令：“向左向右，转圈，停！”全场人都踩着节奏停下来，安心地等待下一个指示。这时，听见教练严肃地问：“完成这个动作以后，音乐还会继续，所以我们不能就这样停下来，对吗？”大家都被问住了，很为难的样子。这时教练得意地一拍掌，换上愉快口吻大声宣布着福音：“下面我就教大家一个神奇步伐，它可以让你们将所有不同的舞步都串起来，一直跳到音乐结束！”人群里发出欢呼，大家重新跟上节奏踩起舞步来，向左，向右，再向左，转一个圈……脚步默契得仿佛舷窗外轻轻扬起的波涛。

“海洋迎风号”的座右铭是：Get out there（走出去）。第九层与第十层甲板就是为这句标语而存在的运动场。这句颇具煽动性的标语出现在房卡上、毛巾上、节目单上、菜单上、便签纸以及糖包上——总之它无处不在。或许我的神经最终被催眠了，伸展开一身懒骨头，爬上第十层号甲板开始我的“运动日”，初步计划是围着甲板跑三圈。

安德森先生半途拦住我，要求和我赛一局推圆盘游戏(shuffleboard)。游戏规则看来很简单：用手杖一样的工具将橡胶圆盘推到画在地上的三角形格子中，不同区域会得到不同的分数，而压线出界都不得分。看起来很像中国小朋友爱玩的跳房子。结果我输得惨不忍睹。安德森先生示范着标准动作，得了一系列高分。我在输得颜面无存之后，才获准沿着竞走跑道继续我的运动计划。在船尾矗立着的人工悬崖边停下脚步，金发的教练建议我趁四下无人展示一下身手。

“这墙有多高？”

“大约十米。”

“上面的风景好吗？”

“你上去看了才知道。”

“船上的最高纪录是多少？”

“七秒。”

我还是不丢这个人了。决定提前结束第十层甲板的旅行回到第七层甲板上去享受安静时光，做些比如发呆、阅读、泡按摩浴缸等不那么剧烈的运动。图书馆里人很少，因为中午有美国的棒球直播，大部分人都到娱乐室里看电视去了。我玩了一局数独游戏，读了几段用中文、英文以及不知名文字打印的快讯，然后开始看一本叫作《加勒比海盗史》的传记，大开本，铜版纸，图文并茂，资料翔实。书后列举了海盗如果被捕将会受到怎样的惩罚：死刑是最普遍的结局。尽管如此，依旧有很多人愿意从事这项富于风险并且艰辛异常的事业。

航海首日晚上有船长接见时间。人们纷纷拿出最正式的服装，去雪绒花餐厅与船长合影。队伍越排越长，奥拉夫·贡纳·尼塞特(Olav Gunnar Nyseter)船长却一直是那雪白的制服、绅士的举止、温暖的微笑，以及亲切有力的握手。看得失去耐心，我走到餐厅另一个入口处参观墙上每一次“海洋迎风号”首航不同港口时留下的历史资料。从北美洲到欧洲，从亚洲到澳洲，还有南美洲，我不禁想：船长该与多少人握过手，是否该申请吉尼斯世界纪录?

不过，我从餐厅服务生那儿听到的小道消息却说，其实Nyseter船长是个行事低调的人，最喜欢避开就餐高峰在餐厅角落独自用餐，或者干脆让厨房将晚餐送到他的房间去。晚餐前，无所不能的麦特还带我去参观了厨房。

不锈钢迷宫一样的厨房里，来自马来西亚的厨师正在制作一只半人高的袋鼠冰雕。麦特对那只晶莹剔透、闪闪发光的袋鼠熟视无睹，耸了耸肩说：“在我这个位置上工作满一年，就不会对客人的任何要求感到惊讶。这是座移动城堡，我们的任务就是无限量提供享受和惊喜。”

晚餐开始时我们遇到了较大的风浪，七万吨的巨大船体将这些风浪化为一种轻微而连续的颤动。云层间不时有壮观的闪电，总是听见从某处传来香槟酒杯碰撞的轻微脆响。大家见过船长，穿着正装入座就餐。尽管已经很努力地维持仪态，但执刀叉的双手却依旧颤抖，敲在餐盘上，叮叮叮……邻桌的老先生也正全力以赴地控制着自己盘中的菜，看见我的尴尬样子哈哈大笑，很得意地说：“你瞧，还没经过时间，我们就已经平等了。”

终于到甜点了。领班朝我使了个惊心动魄的眼色，我立即心领神会。菜单上说甜点是红酒酿樱桃，我盘中的那份樱桃绝对多得前无古人。至于有没有来者就不能肯定了，因为邮轮这种旅行方式正越来越受中国顾客的关注，来这里做客的人也会越来越多。想必一定有人可以打破我樱桃爱好者的纪录。如果你不喜欢太甜的口味，有清爽的柠檬冰激凌与无糖的热带水果总会供你选择。

晚餐之后是维京皇冠夜总会里的鸡尾酒舞会，乐曲悠扬。在香槟与红酒的悦目光华中，“海洋迎风号”载着满船的衣香鬓影，加足马力驶进夜色中去。

踩着厚地毯摇晃着回房间时，听见广播里正用兴奋的语气宣布：“今晚的半夜时分我们将经过澳洲大陆最南端的巴斯（Bass）海峡，驶向墨尔本市！”

第二天一早寒风呼啸，我换下单衣，穿着连帽运动衫去顶层甲板上等日出。时钟显示时间是5：45。失眠一路跟了过来。

但我不是唯一早起的人。甲板上开始工作的船员都穿着防寒服，在疾风里大声呼喊着向我道早安。月亮还没落下去，“皇家加勒比”的巨大徽章近在咫尺，在清晨的微光中发出幽蓝的光。感觉仿佛已经到了南极。

6点，甲板上走动的人多起来，人人手里一杯咖啡，在风里倾斜着身子走路。

“你好吗？”

“我很好，正在醒来！”

我在最高的十一层上选了个视野绝佳的位置坐下，开始像钓鱼一样等待日出。日出是很难用相机或言语记录的场面。昨夜的风浪已经平息，海水的颜色无声无息之间改变，然后金色的光线迅速吞噬了一切。

7点，城市的灰色轮廓出现在海平面上，映着朝霞，蒙上一层迷茫的色泽，在风里微微颤动。我不确定它是不是刚才那几杯黑咖啡的产物，或者只是根本不存在的海市蜃楼。但可以肯定的是，这要么是我第一次看见海市蜃楼，要么就是我第一次经历邮轮进港的全过程。哪一样都充满纪念意义。

1909年，著名作家、编剧尤金·奥尼尔(Eugene O'Neil)从宿醉中醒来，发现自己娶了一个陌生女人。怀着强烈的自我厌恶之情，他登上了一艘邮轮，并在海上漂流了七个月。正是在邮轮上，他获得了那些海上独幕剧的灵感，他为那些剧集取名为：*The Moon of the Caribbees and Six Other Plays of the Sea*。

一百年后，我们带着各式各样的装备与情绪上船旅行。或许想要用无所事事的悠闲将自己灌醉，或许想要从千篇一律的海景中获得人生的启示。但或许，麦特的话就是真理："无论你希望从这座移动城堡上获得什么，都请不要只坐在舱房内看海景，因为所有的快乐与真理都在外面，Get Out There（走出去）！"

中午时分，船终于在墨尔本码头停稳，大家纷纷上岸观光。

如果说悉尼是个开放喧嚣的大码头，那么墨尔本就是矜持静默的小欧洲。这里是蔷薇花与长尾鸟的国度。

一个人旅行这么久了，开始发现每样东西都有着不同的光芒、不同的声音。甚至会在夜里，做着不同的梦。在异乡的街头停下来，抬头看见对街美丽的玻璃窗，隔着时间、纬度、季节以及空间无从代替的人情世故。

M，从没觉得离你这么遥远。想起你来，我已不再想哭泣。我有时，甚至也会开玩笑一般问自己，这样的局面究竟是谁的责任。事到如今，我居然想追究责任。这究竟是怎样的愚蠢呢？最后我想，我只是，舍不得。

但人生里这么多事，与其背负，不如抛弃。所以，我继续独自前行。

声光伴我行

中午在福克纳公园(Fawkner Park)对面街角的福克纳餐馆用午餐，就餐者三三两两，招待客人的只有一位金发女侍者，与一个年轻厨师。头盘点了牡蛎，与新鲜青柠一同盛在碎冰中送上桌来，滑过唇齿之间，感觉像喝下一口清新的海水。这滋味久久不肯散去。

沿着图拉克 (Toorak) 路前往雅普 (Chapel) 街。一路上，明晰地感觉到记忆之中欧洲的空阔寂静，只是绿树间还荡漾着海洋上吹来的水汽，柔软清凉，模糊了整个城市的轮廓。

墨尔本的天气常遭诟病，不过是因为它的反复无常。尤其是入春时候，寒热反复叫人不知如何穿衣。但是墨尔本当地人却已经习惯，早早将咖啡桌沿街铺开，雅普街这一路最不缺露天咖啡座。还有一家连着一家开的时装店，总是先于季节变更，提前换上风格迥异的鲜亮橱窗。那些迫不及待冲进店里淘新衣的女孩，把宠物狗系在门外行道树或路灯杆上。这大概是另一种计算商铺人气的方法。

除了动感女孩(Sportsgirl)这样面对年轻消费群体的连锁服装店，以及Kit这样风格鲜明甜美的概念美容店外，雅普街上也有不少风格成熟的设计品牌。东方海鲜酒家(Oriental Tea House)里是正红色的东方元素，克莱特·蒂尼甘(Collette Dinnigan)是妩媚世故的巴黎风情，而以树脂为原料的澳洲设计品牌Dinosaur Designs，则以其鬼斧神工的制造工艺，让人最大限度地领略到色彩与材质的微妙。

而那家叫獠牙(Tusk)的画廊里面没有青面獠牙的怪兽，只有纽约SOHO区的不羁，尖锐但不伤人。模仿安迪·沃霍尔波普风格的丝网印刷头像作品堂而皇之挂满一面墙，还用脚灯加以渲染强调，这大胆直接的举动里，除却一点点庸俗气，更有轻松诙谐的调侃。当年安迪·沃霍尔恶搞大众偶像，如今年轻的艺术家们恶搞这位"混世"前辈，这大概就是波普艺术的本质。

Tusk虽名为画廊，倒不如说是家居店更合适。小到园艺摆设、烛台，大到铸铁吊灯、巨幅油画，都能在这里找到，而且都出自画廊签约艺术家之手，只此一家，别无分号。

Tusk店员埃琳娜(Elena)是个爽朗的姑娘，化着烟熏妆，穿着苹果绿的毛线衫坐在一只维京海盗的头盔后面办公，不时对我们说："随便看，看中的东西都是出售的！"

那只古旧粗糙的牛角头盔是唯一和店名Tusk搭得上边的，不知它是否在店中起着"门神"或"吉祥物"的作用，总之它让店内的一切都显得分外青春可爱，包括Elena姑娘那一脸夸张的烟熏妆。

继续朝前走，Oliveria顾名思义是一家与橄榄有关的店。店里举目皆是淡雅悠然的橄榄绿。店主多萝塔·劳克林(Dorota Laughlin)笑起来很温暖，她与丈夫一起经营着这家街角小店。除了满满一冷柜来自世界各地的腌渍橄榄，这里还有远从意大利运来与澳洲本地生产的新鲜纯净橄榄油出售。对于多萝塔来说，橄榄不仅仅是一种食物，也是绿色生活方式，所以她还在店中出售天然植物成分的护肤品，以及法国乡间与土耳其出品的手工制厨房用品。其中来自西澳大利亚的手工橄榄油香皂以及土耳其描花陶瓷碗是颇受欢迎的明星产品。

小巧而温馨的Oliveria位于雅普街与商业街(Commercial Road)交界处，游览商业街对于全球美食爱好者来说，有点朝圣的意思。因为这里有墨尔本最著名的农贸市场罗兰市场(Prahran Market)。说是农贸市场，多多少少有点折损它的光华。因为它向来以提供最新鲜最高品质的食材闻名，价格也非常可观。这里不仅保持了当年农产品集市的风格，吸引诸多餐厅的大厨来此选购，而且其美丽淳朴的欧洲风格也吸引着不少游客来观光。

心情有些激动，因为在品尝过不少澳洲厨师的佳作之后，我终于有幸见到培养他们的摇篮了。澳洲风格的菜肴如今在世界各地风行，因为澳洲本土除了有丰富的海洋鱼类可供入菜，内陆也出产上佳的家禽与牛羊肉。澳洲的厨师因此培养出对各种食材的感受力，在此基础上，大展精湛厨艺与天马行空的创造力，自然就将澳洲的清风吹遍世界餐桌。

罗兰市场是个开放式的市场，整个营业区上面盖了铸铁屋顶，错落的钢铁结构确保这里的新鲜与美味一年四季风雨无阻。周一到周六，这里从黎明就开始热闹，交易一直持续到傍晚时分。在这里，最多的是新鲜水果与蔬菜摊，也有奶酪、葡萄酒与橄榄油的铺位。市场角落还有几家咖啡店，挑选食物的客人们可以在这里或坐或站，来一杯咖啡，交流一下购物心得，自然是哪家鳄梨够柔滑丰润，哪家葡萄酒更适合配菜上桌这样的“新鲜话题”。

罗兰市场旁的Essential占着地利人和的优势，在足有数百平方米的大仓库内，经营着关于美食的一切。从食物、香料、厨具到烹饪书，一个好厨师所需，它打包提供。Essential的标志是只稚趣可爱的鸭子，它出现在很多杯盘碗碟上，为高深的厨房艺术增添了一点轻松。

除了为厨师们精心准备专业用具之外，Essential也为那些立志成为厨师的门外汉们设立了厨师课程，有心者可以在店中索取课程资料和申请表格。柜台上的玫瑰方糖边，是供客人随意取阅的明信片，内容是小鸭带你了解厨房小知识，比如关于刀的那张印着：刀，刀柄应该贴合手掌，且不打滑；一把二十厘米长的厨师专业用刀必须有完美的平衡，使用时毫不费力；刀一定要买高品质的，因为它将令你终身满意……

我拎着满满一袋子新鲜水果回到船上，地板上麦特留了纸条，他说在蒲公英酒吧等我。我给他带去了几个新鲜西红柿，他大笑着收下，随即大口吃起来。

“今天的游览如何？”他问。

“很有意思，我觉得，还是陆地适合我。”

“觉得无聊了？”

“或许。”我抿一口香槟，问，“麦特，你看过《海上钢琴师》这部电影吗？”

悉尼港停泊的轮船

在甲板上散步

出海第一天，天气晴朗

游轮经过悉尼歌剧院，驶出海港

墨尔本的街道

楼房的窗户像一道道小门

墨尔本带着欧洲气息

农贸市场里的蔬果

他点点头："当然，好像是很多年前，某个晚上，船在西雅图靠岸，我去电影院看的。"

"你会和他一样，在船上住一辈子？"

"或许。"他模仿我的语气。

"为什么不回岸上呢？"

"可能和你不愿意笑的原因是一样的吧。"麦特想一想才终于说。

降落在你手心

邮轮开始朝北航行，窗外除了海洋还是海洋。唯一的一只手表停了。

好在我不需要时间，时间对我没有什么大的意义。如果放下窗帘，那么我可以在黑暗中沉睡二十四个钟头或者更久。我在一只盘子里吃饭，要吃的饭菜拨到盘子靠近的一边，要丢弃的虾壳鱼骨，腐坏的蔬菜叶子放在盘子的另一端。

半夜如果一时半会儿还不想睡，就关上灯，静坐片刻等眼睛重新适应了黑暗，然后借着夜色在房间走动，或者去阳台看海。夜色中的海，漆黑一片，让人想起"宇宙洪荒"这样的词句。

我记得，上一次在夜色深沉的海边流连不去，还是多年前在尼斯海岸。尼斯的白色海滩上没有沙，只有白色的卵石，潮水退去时，白色的泡沫经过卵石间的缝隙，声音就如同女中音喉间滑过的跳跃音。

那次，我同样是独自旅行。选择坐巴士游览欧洲。M 到伦敦的建筑公司实习，不能同行。到达尼斯时，已近黄昏，放下行李去海边吹风。不远处的英格兰大道灯火通明，但是潮水的声音掩盖了市声。最后的一点点晚霞正没入黑暗。尼斯国际机场的航班起起落落，机身上闪亮的灯光，如同流星划过，只是不能用来交换愿望。

在夜色渐浓的海滩上找到一颗心形的石子，带着海水的味道。回到旅店洗干净，放在外套口袋里。这枚地中海的鳞爪，随我绕道巴黎，再渡过多佛 (Dover) 港，最后终于抵达伦敦，降落在 M 手中。

但当你决定将心放在他人的手里，又怎能计算代价。

靠岸

一个星期后，终于在新加坡圣淘沙靠岸。我上岸的那天，麦特来送我，递给我一只白色的大信封。

“谢谢你的西红柿和陪伴。”他说，“现在，能笑一个了吗？”

看着他认真的眼眸，我只是问：“那你，准备上岸吗？”

“或许，下次吧。”

坐上酒店派来的车，我打开信封，装的都是麦特拍的照片，里面全是海洋：不同季节中，不同表情的海洋。而最后一张照片里，我站在船头，面前是火一般的落日。

曾经想要和 M 一起看遍全世界的海洋，但到头来，不过是我形单影只朝前走。看着车窗外逐渐靠近的尘世人烟，感到想哭没有眼泪的困乏无力。在海上漂了太久，沉默了太久，已经想不出，再开口时那第一句话，应该要怎样讲。

车驶入圣淘沙岛，天色还没有全亮，茂盛的热带植物在半明半昧的天色里看来，满目葱茏。好像已有数个世纪不曾看见这么多绿色。收音机的音乐夹杂在冷气的声音里，很安静。第一线晨光打在手上，如火焰般浓烈，却是凉的。

M，你已在我们并肩同行的旅程里先一步抵达终点，上岸前行。而我独自留在水天苍茫处，两袖孤寒，不知所以，只能等下一次潮汐更改，带我驶往另一个方向。

但你是否明白，不争夺，并不是不在乎，只是性格使然。观棋不语，更何况是注定要曲终人散时的一局枯棋。那些在舌尖酝酿良久却没有说出来的言语，默默咽进肚去。不知某一天气急攻心，会不会悉数翻涌而出。

呕心沥血，确也是感情的一种。

Chapter 09

新加坡
一点新，一点旧

在轮船轰鸣中等待日出。我写了满满的三页信给你，最后寄出的却是空白。

漫漫归家路

环绕着圣淘沙岛的南中国海上停满了货轮，汽笛声声，天色微明时分，就有耳闻。接着又有盘旋而去的直升机，据说是为八月的国庆节目做准备。当年的这片海域，也曾同样繁忙，只不过，那时候遍布着中式的平底帆船、东南亚的木船、阿拉伯单桅帆船以及东印度公司的蒸汽船。

在新加坡依旧被称为Singapura或是Lion City的那个年代，Richard Windsted（理查德·温斯特德）、E.Bartrum（E.巴特姆）以及葡萄牙海员们带着激赏又新奇的目光打量这片出现在海平面尽头的土地，清晨时分，狭窄的海湾内遍布鲜红岩石与翠绿岛屿，继续行船，就能看见热带丛林中散落着马来人建造的高脚楼。

音乐播放器里传来*It's Amazing*的旋律。好像又回到那个南意大利的早晨，敞篷车行驶在临海的峭壁上，风拂过头发，阳光穿越古老的丝柏树照进眼睛。单薄的白衬衫，厚厚的黑墨镜，总是捣乱的刘海。一个转弯，烟灰色的那不勒斯湾出现在车窗外。

对于远道而来的西方水手和殖民者来说，这片赏心悦目的美景代表着无限商机与纯正的南洋风情，它即将成为大英帝国在东南亚的“心脏”。

而对于晚了近两百年的我来说，新加坡只是漫漫归家路上的一站。

御夫座最亮的一颗星叫五车二。所以，我现在和小王子一样，住在一颗星星上。因为我下榻的酒店就叫嘉佩乐(Capella)，牧夫座最亮的一颗星。

坐在嘉佩乐面海的套房内，透过覆盖整面墙壁的落地窗等待着日出。太久的航行让我觉得地面依旧在移动。

窗外有棵比五层楼还高的无花果树。这样美好的景色，当然不能关窗帘。反正再远处是南中国海，裸奔也没有人看。

一碗旧滋味

天色渐亮，延续着怀旧情绪，我到“六十岁”的老字号“亚坤”去吃著名的椰咖(yaka)烤面包。烤吐司看来简单不过，都市人几乎每天清晨都要烤上几片，但亚坤的吐司夹着秘方配置的椰咖甜酱，外皮酥脆，即便卖相很是潦草，却让我的味蕾有种幸福的满足感。

烤面包吃完，自然要来杯南洋咖啡。摸一摸肚子，似乎还有空间，那就去肉骨茶(Bakuteh)店续摊。在新加坡落地生根的老同学早就提醒：黄亚细的肉骨茶不同别家，下午歇业，过时不候。

到那里一看，人声鼎沸，桌子已一溜铺到街边，依旧大排长龙。拿个牌子候座，也没有椅子给你歇息，或许这是店家苦心，让你站一会儿，就当消化早餐，以便再战。

南中国海

吃肉骨茶的规矩有两个：一是要配功夫茶解腻，二是骨头汤免费无限续饮。所以无论是等位还是就餐的食客，一律不急不躁，耐心等待。肉骨茶原是闽南及闽粤一带的中药排骨汤，后来却随移民传到南洋，并隔着柔佛海峡，分为新加坡风味与马来西亚风味，两者不仅使用不同香料药材，连原料都有出入。新加坡的肉骨茶要清淡许多，而马来西亚与新加坡的区别大概也是如此。

1965 年 8 月 9 日，新加坡被迫脱离马来西亚联邦宣布独立，时任新加坡自治邦总理的李光耀放声痛哭，他的疑虑只有一个：没有任何资源，如何活下去？

如何活下去？这个问题成为四十五年来新加坡人每天都在思考的命题，也是敦促他们前进的动力。

环境决定了新加坡人行事必须高效与实用，所以他们时刻不忘借鉴。而新近开幕的滨海金沙酒店 (Maria Bay Sands)，开始让人猜想澳门是否已成为新加坡现阶段要学习的目标。其实早在圣淘沙由马来西亚云顶集团投资的名胜世界 (Resort World) 开业之际，这个苗头已经初现端倪。名胜世界内设有新加坡首个赌场，而持新加坡护照或长期居住证入内的人士必须交纳一百新币入场费。不久前公布的权威数据表示，自 2 月开业至今，政府仅在此项“门票”上的收入，已达七千万新币。而名胜世界内单服装与床品的清洗一项，就已足够振兴新加坡全国的洗衣业。

对于这个全新的经济增长点，赞成者与反对者莫衷一是，依旧天天辩论。

无字之信

傍晚回到嘉佩乐(Capella)，在满是镜子的酒吧里喝餐前酒。三两只孔雀若无其事地在烛光里穿梭，宝蓝色的羽毛是一种暧昧不明的艳丽。

半夜被雷声和雨声惊醒，迷蒙间看着那棵无花果树站在雨中，偶尔有闪电。又睡不着了，我坐到面海的书桌边，给M写信。写了满满三页的信给你。最后寄出的，却是空白。

那一刻我知道，什么事情都向你倾诉的岁月已经过去。

那一刻我知道，曾以为这一生会有说不完的话给你，但很多话留在心底会更好。

很多事我们以为自己明白，其实，未必透彻。《夜航西飞》中有这样一句话："我独自度过了太多的时光，沉默已成习惯。"

不知不觉，窗外的天色渐渐亮了。热带的大雨，到清晨依旧没有停。洗漱后处理邮件，等回过神早过了早餐时间。收拾行李离开圣淘沙，搬去新加坡市区。

许多来新加坡的"鬼佬"们，再忙都要去莱佛士大酒店(Raffles Hotel)喝杯英式下午茶。不知道是不是因为我又没有睡好，这幢白色大理石的建筑就像梦境一样，代表了Richard Windsted、E.Bartrum那个年代的"南洋"，1887年，萨尔基斯(Sarkies)兄弟在新加坡开设了一家只有十间客房的旅店，却用新加坡开埠者斯坦福·莱佛士爵士(Stamford Bingley Raffles)的名字将其命名为莱佛士大酒店。通往Tiffin Room的酒店大堂铺着云白色大理石地板，当年这里白天摆上餐桌当餐厅，晚上又撤去餐桌当舞厅。不羁的绅士小姐甚至在这里玩滚轴溜冰，踩着光亮可鉴的大理石地板，颇有些敬佩它们的处变不惊。

除了门口的印度门童，莱佛士大酒店的另一个传奇是每晚在Writers Bar演奏钢琴的吉米(Jimmy)，他有爵士乐手的嗓音，弹的却是古典钢琴。而且，又是一个四海为家、以漂泊为生的人。为庆祝吉米的七十岁生日，莱佛士大酒店内的剧院特地为他举办了独奏音乐会。在游泳池边遇见正在吃午餐的吉米，他笑着挥手打招呼，依旧是与路易斯·阿姆斯特朗(Louis Armstrong)神似的声线。

喝完下午茶，我感到有些迷惘。说实话，新加坡不算购物好去处，乌节路上的购物新热点The ION Orchard并没有多少叫人惊喜的地方。倒是斜对面的邵氏中心(Shawn Centre)有几家餐厅很是不错，其中的Les Amis经营地道法国菜。主人德斯蒙德·林(Desmond Lim)以投资起家，却痴迷美食与好酒，所以开设这家餐厅招待气味相投的老饕们。而Les Amis正是法语“朋友们”的意思。在等待招牌开胃菜上桌的时候，接待我的雷特蒙(Raymond)之前在美食峰会见过，听说我到新加坡，盛情邀请我到Les Amis用餐。菜还没上来，他抓紧时间带我去餐厅专藏红酒的酒窖参观，里面的藏品价值三百万新币。

“如果你是名流，想要有隐私，Les Amis还有个秘道，直通‘楼上雅座’，事先打个电话过来就是。”雷特蒙指一下角落的狭窄通道。

雷特蒙对于全世界的好餐厅都了如指掌，比如全澳门最好的法国菜在葡京，以及香港的桃花源有何美味佳肴，点什么菜能把主厨从厨房引出来。向他讨教如何在新加坡打发时间，算是找对了专家。

登布西山，失落的世外桃源

这次他推荐登布西(Dempsey)山，由当年英军军营改建而来。正好，从我住的瑞吉酒店过去，非常方便。

临告别，雷特蒙突然说："瑞吉酒店离这里走路也就五分钟，明天继续来午餐。"那时我不知道，他之所以盛情邀请，是因为第二天有新酒从日本来，配鱼子酱刚刚好。

在 Les Amis 我深刻体会到新加坡人对美食的喜爱，尤其是对食材与配搭那种精益求精的追求，几乎堪称严谨。难怪新加坡一年一度的全球美食盛会"新加坡世界名厨峰会"都能吸引全球的顶级名厨。

登布西山并没有让我失望，起伏的丘陵间保留着一些军营旧屋，但大部分都已改建成酒吧、俱乐部、咖啡馆和美术馆。我在那里遇见一间叫"House"的无法定义的"概念商店"，这里有穿梭在餐桌间、为客人做肩颈按摩的理疗师，还有专为睫毛做美容的区域。当然最主要的，这里还是一家酒吧，却同时提供下午茶。我被这样的搭配搞得神魂颠倒，觉得新加坡人疯起来，也是让人无法预料。

还记得《爱丽丝梦游仙境》中那只赶时间的兔子吗？我沿着山路往下走的时候，突然看见树丛中有一块木头标牌，上面用滑稽的字体写着:

The Rabbit Hole(兔子窝)，顺着箭头穿过绿树围成的长廊，尽头居然是一间酒吧，吧台上用马赛克拼出一句话：Drink me（喝我）。

我只敢来一杯咖啡，否则药水的分量不好好把握，我怕会回不了酒店。

回到酒店，我致电管家丹尼尔让他送一壶茶来，他问要哪一种。我看着长长的茶水单，挑了 Immortal Moment（永恒时刻）。

永恒时刻。“永恒”这样的词，已经快过时了吧。但我依旧喜欢老式的衣服，老式的人，还有老式的灵魂。还有不能重来，也不需要重来的老时光。

安详的山丘

俯瞰着夜色中的植物园，我想第二天该去新加坡的另一座山上看望老朋友。

新加坡的另一座名山，即靠近唐人街的“安详山”，那里的 Club Street（酒吧街）在全世界的酒吧爱好者中都享有盛名。当年史格勒(Scarlet) 和大华 (New Majestic) 两家精品设计酒店的开张，开创了安详山的 Chic（时尚）新格调，而史格勒旁边新近开业的俱乐部酒店 (The Club Hotel) 和几条街以外的克拉普松酒店 (Klapsons Hotel) 即是再接再厉的生力军，努力要靠设计理念取胜。

当年 The Club 还在装修，就已对这间开在老洋楼里的小酒店心生好奇，等它营业，迫不及待要一探究竟。当初的橄榄绿外观已被去除，里里外外只剩下一片白色，出口有尊纯白的高大雕像，自然又是斯坦福·莱佛士爵士大人，此次他将头颅藏在层层叠叠的云朵里。

我很喜欢这尊将脑袋伸进云里的雕像，它最好地代表了在安详山一带开店的年轻人们。他们就像牧羊少年一样，有着单纯的梦想。

比如在酒吧街59号开设绘本书店书海丛林(Woods in the Books)的情侣香农(Shannon)和迈克(Mike)。Shannon是新加坡每月首个周末举办的市集MAAD的创办人之一，而Mike则是插画师以及网页设计师，店里的很多画作和明信片都出自他的手笔。小店只出售充满童真的画册，从铁臂阿童木到丁丁，当然也不缺史努比。

间隔数米的书店Books Actually这些年一直都在，除了文学书、善本书，还出售许多复古的文具与摆设。我一度看上楼梯上那十几台老式打字机，可那是主人的摆设，概不出售。书店外的白布店招也永远雪白耀眼，远远看见，就开始默念绣在上面的波兰诗人亚当·扎加耶夫斯基(Adam Zagajewski)的诗句：

A cold rain falls at night.In the streets and avenues of my city,quiet darkness is hard at work.Poetry searches for radiance.

相比较Books Actually的一如既往，戴尔芬(Delphine)瘦了很多。她和男友肯尼斯(Kenneth)在街角开了家叫KKi的小小咖啡馆，以精致的日式糕点和咖啡招待客人。店里只有三张小桌，每桌有两张椅子。店铺的另一半则是另一对情侣斯坦利(Stanley)和安托瓦妮特(Antoinette)一起主持的设计小店The Little Dream Store。这是一家为摄影爱好者开的小杂货铺。

Stanley 把自己的摄影作品和爸爸的画都印成了本子，还有无数过期的宝丽来(Polaroid)相纸出售。我买了一枚蓝色的云朵别针，把它别在衣襟上。

初次见面时 KKi 和 the Little Dream Store 都刚开张，Delphine 兴奋地讲述他们怎样幸运地以理想的价格租到这间店铺。三个月过去，我要求再来一份以 Antoinette 命名的芒果蛋糕，得到的答复是：正好剩下最后一块！这大概就是 Delphine 瘦了许多的原因，生意实在太好。

我坐下来喝杯冰镇可乐，吃一口云朵般轻巧的芒果蛋糕，觉得什么都会过去。正像 Delphine 挂在门牌上的那块小小告示上写的那样：There is always tomorrow（总有明天）。

李光耀曾说："新加坡是个小岛，退潮时，面积只有 214 平方英里。" 新加坡人就在这个什么都有限的小岛上，努力活得像热带植物一样丰盛。而乔治 · 艾略特则说："The happiest women,like the happiest nations,have no history（最幸福的女人，像最幸福的民族一样，没有历史）。"我想不出哪个国家比新加坡更适合乔治 · 艾略特的这句类比。

如果可以，我多么想只听一首歌，只看一本书，只喝一种茶，只穿一种颜色，只爱一个人，就如此专注而潦草地过一生。

但这样简单的幸福，多少人可以奢望？

飞机降落在一个下着暴雨的清晨，想不到冬天也会有这样的雨。车窗外白花花一片，什么都看不清。每次远行回来都很累，但这次却累得话都不想说。过去这几天在东南亚的日子，没想到阳光会这么烈，到最后几天，衬衫都不够用，只好到百货商店买了新衬衫，及时换上。新的白衬衫，让我多少有了焕然一新的感觉，但在走出机场时，我又重新从旅行箱中拿出羽绒服穿上。那一刻我知道，这身旧皮囊之下依旧是那个不知悔悟的旧灵魂。

我不是个善于解释的人，以为所有事都可不言自明，但事实不是这样。因为人心有不同角落，自然折射不同观点。但那也是别人的事，我依旧选择沉默。

旅行很容易，出发很容易，逃避很容易，但寻找答案并不容易。我也开始知道，爱一个人很难，不爱一个人更难，而最难的是真正离开一个人。当你离开一个人，他并不会瞬间消失在街角，他是慢慢在你生命中消失的，就像渐渐干涸的水渍。

那是一种缓慢而迟钝的折磨。

我清楚知晓，你不能回赠我同样的深情与激烈。只要伸一伸手就能将我拥入怀中，而你只会抿紧嘴唇，双手握拳，看我抹着泪远走。但我更清楚地知晓，不管爱不爱你，时间都一样会过去。在这条暗流汹涌的长河里，我倔强地选择你，做我心上那道深不可测亦无法愈合的伤口。M，我们的明天不会来了。我感到，好遗憾。原来关于命运，我们都猜错。

牛车水的南洋老咖啡

安详山的街道

Woods in the Books，店中有不少别处难觅的绘本

Kki 与 the Little Dreams Store 的店招

新加坡的街头

热带雨后云朵般的蛋糕

Chapter 10

得克萨斯 天边的一颗孤星

颓废的美国南方，劈柴喂马的生活。我们有自由的灵魂，也有永恒的孤寂。

我还在这里等你

开春总是容易感冒，因为服用感冒药，没有开车。独自走过街道去公车站，发现这个城市的光线正在悄悄改变，因为，春天要来了。这悄悄改变的光线，像是在为某场盛大仪式做着准备。只是会发生什么，对我来说都没有什么关系。好像我对未来毫无兴趣，也早已丧失了好奇心。生活的各种面貌，说是像奶油蛋糕也好，说是像砖头也好，都不过是在你还没有准备好的时候砸在脸上。你要仰起头来，直面以对。如果可以，你还要目光坚定，以及微笑。

公车上遇到一对年老的夫妇，老婆婆把丈夫先安顿好，然后说："我去后面找位子。"老先生坐下来，担心地注视着她，直到她坐下才安心。我远远地看他们的故事。

M，我们没有能和他们一样白头偕老。尽管我们也曾如此互相牵挂，恨不能互为骨血。

肯在邮件里说："你知道吗？世界上有两个巴黎，一个在法国，还有一个在美国的得克萨斯州。所以得州，是全美国最浪漫的地方，我们盛产牛仔和荒野。你什么时候来？"读着他的信，想象他独自在天色微明之际离开农场的小木屋，到马房照料马匹。树林后面，天色渐渐亮了起来。

我开始做各种漫步荒野的梦，其中记得最清楚的一个是自己站在荒野中等某个人，等了好久好久，等到最后眼中含着泪水。

看完维姆·文德斯的《德州巴黎》，向裴明告假。一路向东，飞过日期变更线，飞过白令海，然后是阿拉斯加。在黎明的晨光中，是一片粉红色的冰雪。好像我的身体里有个闹钟，无论 QC3 耳机的消噪功能有多好，无论时差如何，总是会在日出前一刻醒来。为了保持体力，吃一顿不知道是早饭、午饭、晚饭还是消夜的飞机餐，然后开始等日出。

其实，我是先知道“无限下注得州扑克”后，才逐渐了解得克萨斯的。这个“孤星之州”远得真像是天边的星星，这个遥远的星球上好像只有牛仔和荒漠两样东西。而得州的那个巴黎，比法国那个，要远很多。但那种遗世独立的孤独，却似乎是一样的。

得克萨斯于 1845 年 12 月 29 日以独立共和国的身份加入美利坚合众国，成为仅次于阿拉斯加的第二大州。而孤星旗是唯一可与美国国旗并列的州旗。“我们让美利坚合众国加入了得州。”这幽默感里是不是有点高处不胜寒的孤独？

对美酒爱好者来说，达拉斯是冰镇玛格丽特 (Margarita) 的诞生地，1971 年，玛丽克诺·玛格丽特 (Mariano Martinez) 为了制造这种柔滑醒神的饮品，还特意发明了特殊的机器。对我来说，达拉斯是软饮胡椒博士(Doctor Pepper)的故乡，所以还未抵达，我就已觉得跟它分外亲近，几乎称得上“血脉相连”。

达拉斯的夜晚，可以感觉到高楼间游荡的空旷和寂静。俱乐部的霓虹招牌和酒吧门前排队的年轻人是暗夜中唯一跳动的脉搏。

得克萨斯人常说的一个笑话是，上帝在创造世界之后，将用剩下的石头都堆在了得克萨斯的荒野上。但他们对待自己的城市时，态度要认真得多。市政府计划新建一批公寓楼，不同于原有建筑的堂皇古老，而是现代又简洁，租金也相对低廉。市政府甚至将寸土寸金的市中心停车场改建为公园，以吸引人们定居达拉斯，营造一座有人气的都市。

让世界上绝大多数市政规划部门望洋兴叹的大手笔则是，整个达拉斯被划为方正的四部分。其中最吸引人的当然是艺术区(Art District)，顾名思义，这里汇集了许多美术馆与文化设施。

诺曼·福斯特设计的马戈和比尔温斯皮尔歌剧院对面就是库哈斯设计的白色迪伊和查尔斯·威利剧院。步行几分钟，就可以到达伦佐·皮亚诺设计的那什雕塑中心。中午，在雕塑中心隔壁的热门餐厅 Stephen Pyles 午餐，大厨麦特·麦卡利斯特(Matt McCallister)穿梭在餐厅里招呼朋友，即便是工作日的中午，也是高朋满座。而餐厅对面就是贝聿铭设计的办公大楼，贝聿铭还为达拉斯设计了市政府。在很多时尚都市里，你可以在橱窗中欣赏到时装大师们的作品；但达拉斯的橱窗里，收集的是建筑大师们的作品。

比起这些新兴的时髦场所，达拉斯另一个不可错过的地方是原来的达拉斯教科书仓库。它位于一座红砖大楼的第六层，根据美国政府的说法，奥斯瓦尔德就是在这里刺杀了肯尼迪总统。

肯尼迪总统1963年11月22日在达拉斯遇刺身亡，他担任了1037天美国总统。那是充满不确定性的核时代，但这个美国历史上最年轻的总统却准备带领美国人进入充满希望的新纪元，他提倡的人权法案在保守的南方遭受重创，在前往达拉斯之前的九个月内，他收到了四百多封恐吓信。但他决定亲自前往达拉斯，为人权法案的通过做最后努力。肯尼迪的遇刺是为了争取美国民众的自由，这也是他至今被美国人民纪念的原因。

这间六楼纪念馆保留了当时的场景，让我想起少年时代看过无数次的《刺杀肯尼迪》，由当时正当红的凯文·科斯特纳主演。当时被科斯特纳扮演的检察官作为重要证据的录像片也是纪念馆中最有价值的展览品，当年亚伯拉罕·泽普鲁德（Abraham Zapruder）拍摄的录像被一帧一帧分解，12：30，第274帧里飞过第一颗子弹。

从六楼博物馆的窗口看出去，是蒲公英状的重逢塔，马路中央可以清楚看见白色的“×”标志，那里是肯尼迪被击中的地方。各种肤色的人站在路边凝视那个符号，那段历史也仿佛在他们的凝视中重演。

沃斯堡，西部开始的地方

要了解牛仔，不能错过的地方是达拉斯郊外的沃斯堡，因为“这里是真正的西部开始的地方”，如今也是西南部的文化重镇。运牛道从这里开始，也是牛仔补充物资的最后一站。北方的发展吸引了工人大量涌入，城市人口也快速增加，牛肉销量陡增，南方售价三美元的牛到了北方可以卖到三十至四十美元。但这一路上，等待你的是茫茫荒原、土匪以及难以预料的天气。牛仔们成功的诀窍只有一个：你必须成功，没有退路。正是这三十年的辛苦运牛生意，造就了美国独有的现象——牛仔，也创造出美国独有的牛仔文化。

原本进行牲口交易的牲畜围栏区(Stockyard District)如今成了展示牛仔文化的保护区，这里除了原汁原味的西部酒吧和餐厅，每天还按时表演赶牛，重现了当年牛仔们的工作场景。而按脸型定制的牛仔帽让我有了约翰·韦恩的感觉，刚戴好就立马冲到比利·鲍勃(Billy Bob)的牛仔酒吧去体验生活。

肯在那里等我。依旧是没有忧愁的绿眼睛，洗得快泛白的格子衬衫。我们大力拥抱。肯为我点了杯啤酒，自己则喝着冰红茶：“一会儿还要开车，安妮要是知道我偷喝啤酒，会杀了我。”说完，他扬手做了个抹脖子的动作。

我们说着在肯尼亚分别后的故事，看舞池里的人们热情洋溢地跳着牛仔舞。牛仔“横行”的岁月已成过去，但得克萨斯依旧有很多农场，它们是牛仔现在的家园。肯工作的维尔德卡特牧场(Wildcatter Ranch)

距离福特·沃兹(Fort Worth)大约三小时车程，曾是印第安酋长的领地。到达时已是暮色沉沉，被称作 The Black Cat 的黑猫不走猫步，而是踩着马一样的步伐在前面带路。

穿粉红衬衫的安妮热情接待了我，带我去房间。她是肯的表姐，牧场的主管。

我在生着壁炉的火光中度过了安静的夜晚，清晨和肯在餐厅会合，匆匆吃完早饭就去牧场喂长角牛，这种得克萨斯特有的牛长着嚣张醒目的长角，宽度最长能超过两米，但性格温驯。肯向我推荐了一种最亲密的喂食方式：衔着雪茄状的饲料，等牛过来叼走。看着曲线优美的长角渐渐靠近，然后是流着口水的嘴巴和湿漉漉的鼻子，最后我在长角牛温煦的眼睛里清晰地看见了自己的倒影。不得不说，长角牛是我见过的餐桌礼仪最好的动物。

美国人喜欢调侃得克萨斯人，因为这些西部牛仔们脾气火爆，但他们豪爽率直的性格和柔软悦耳的南方口音搭配在一起，就像初夏的阳光一样让人觉得暖洋洋的。就像这外形夸张的长角牛，长着嚣张的角，性情却其实最温和。

然后我们去拜访了牧场的马群。驯马师最喜欢的马是灰色的切普(Chip)，它喜欢离群索居，独自沉思。肯说那都是因为它过于狂乱的发型，影响到了它的社交生活。还有一匹蓝眼珠的母马，叫简（Jane)。它是肯的最爱。

M，我想拍一匹灰色的马给你看，它居然有双美到不可思议的蓝色眼睛，优雅地站在清晨的金色阳光里。每当风吹过，绿色的树影四处摇

牛仔餐厅内的饮料售卖处

可乐、薯条、汉堡，大家享受轻松的氛围

餐桌一角

得克萨斯最著名的长角牛

晃。小心翼翼地构图、对焦、测光、屏住呼吸、按快门、过片。

我深信自己捕捉到那个神奇的时刻，轻巧的粉色，明艳的金色，透明的白色，温柔含蓄的墨绿……取出胶卷时却发现，这是一卷黑白胶卷。于是所有的颜色都没有意义，而每种颜色代表的那些阳光、微风、春天气息也随之在瞬间消失。这封暗淡无光、充满缺憾的信，就像许许多多发生在我们生命里的事。那么真切地发生过，时至今日依旧残存在我们的肌肤之上。但用尽言语，都无法描述。

要怎样，才能让你看见我看过的风景呢？要怎样，才能让你尝到我尝过的滋味呢？想要分享的急切成了一把带倒刺的刀，如果沉默，会痛；如果诉说，会更痛。

空气中的水汽一直没散，到中午就下起雨来。本来的计划是骑马去靶场打靶。标靶并不是树林里逃窜的动物，而是陶土鸽子。

“如果我没打中呢？”

“那就没打中呗。”肯很无所谓地说，大雨天让热衷户外运动的他情绪有些低落。但得州人血液中的牛仔精神不允许他们虚掷片刻时光，正当我松了口气，他又加了句：“但那也太丢人了吧。”

好心的安妮提议我去学习给马打烙印(branding)，我用夸张的英国口音说：“这个我一定在行，因为我还有个branding（品牌宣传）的硕士学位，还是在英国拿到的呢。”肯听了这话，笑得差点下巴脱臼。

“真是物尽其用！”他一边帮我准备打烙印的工具，一边意味深长地说。

在电影中见过很多为牲口打烙印的镜头，一直不知道那究竟有多

马厩里总有很多活需要干

漂亮的罗密欧，额头有一个心形图案

疼。肯为我解开了这个萦绕多年的谜题：“马的皮肤很厚，所以不会觉得疼，就是有点不舒服而已。”我在木头上练习了几下，发现这活儿要掌握火候、力度以及角度。随之而来的好消息是：由于最近是淡季，没有什么农活，所以农场上的所有牲口都已被勤奋的牛仔们打过烙印了，我并不需要立即实践我的 branding 技术。尽管雨势到傍晚已成瓢泼，高中生的毕业舞会照样进行。餐厅里都是盛装的他们，礼服衬着脸上的青春痘，叫人想起青春时光的所有苦与乐。这是他们的成人礼，人生中最重要的夜晚，所以用餐完毕，男生们郑重买单，女生则仪态万方地整理自己的裙子。长裙下的塑胶雨靴稍现即逝，小姑娘偷偷扮一个鬼脸。

“她的名字叫卡拉。”侍应生马克一边给我拿来又一杯胡椒博士，一边惆怅地说，“就是高中舞会上和我共舞的那个女孩。你永远会记得她的名字。”而厨师鲍勃则有点担心今晚被某个臭小子约出去的小女儿。他曾在附近农场卖咖啡，但烹饪是他的最爱，最终听从内心的召唤，在农场当起了大厨，还把家眷都接到了农场。

“来，我们跳舞。”肯朝我伸出手来。我慌忙摇头，因为只穿着休闲衬衫和牛仔裤，太破坏舞会的气氛了。

“那，我们在外面跳。”肯拉着我的手走到酒吧外面。

隔着一扇门，音乐只有微弱的一线。肯轻轻在我耳边哼着旋律，那是一首很老很老的歌。我把脸藏在黑暗中，怕别人看见我的泪水。

“这首歌叫什么名字？”我轻声问肯。

他努力想一想，终于放弃：“名字就在舌尖上，但却想不起来。

当你变老，记忆就开始褪色。”

我从未听见有人用这样轻松的语气说，自己在变老。正因为，他还没有真正老去。只有他这样年轻的人，才能这么轻巧地面对失去的记忆吧。

“喜欢这里吗？”肯问。

“喜欢，真安静。”

“那，留下来。”

“可我不会给牲口打烙印，只会喂牛。”

“我教你。”

肯停了舞步，专注地看我的眼睛：“留下来吧，我每天给你买胡椒博士。”

泪水模糊了我的眼睛：“肯，你今年多少岁？”

“爱一个人，和年龄没有关系。”他帮我擦干泪水。

我不知道怎么反驳他，只有说：“来，让我们跳完这支舞。”

肯，要是，能早点遇见你就好了，心上还没有落满尘埃，可以彻夜和你在星光下跳舞，而不是独自奔跑在黑暗里。

要是，能早点遇见你就好了，还没有孤身将风景走遍，可以把泪藏在你掌心，而不是写成迷路的信。

要是，能早点遇见你就好了，心里的火焰还没有在风中熄灭，可以带着温柔凝视你，而不是怅惘。

要是，能早点遇见你就好了，还没有耳聋目盲，可以轻轻描画你年轻的眉眼，而不是总把相遇当作别离。

不愿遗忘的城市，圣安东尼奥

我告别肯继续向南，前往位于墨西哥边境的圣安东尼奥。

一路上，我常常想起关于遗忘的事情，因为我的记忆力也越来越差了，尤其是最近几年的记忆，忘得特别快。我猜想，那些正被我们忘记的回忆，会不会像一支支燃烧的蜡烛，时间风一样经过，于是蜡烛渐次熄灭。最后，我们被困在一间漆黑的屋子里，只能靠烧旧信取暖。

但圣安东尼奥却是一座不愿意遗忘的城市，因为那里的阿拉莫遗迹是得克萨斯精神的发源地。得克萨斯曾是墨西哥的一部分，1836 年 3 月 2 日正式宣布独立，建立了得克萨斯共和国。四天以后，墨西哥当时的独裁者安东尼奥 · 安纳将军进攻阿拉莫，并杀害了阿拉莫约两百名守军。1836 年 4 月 21 日，在现在的休斯敦附近，山姆 · 休斯顿将军率领的八百名得克萨斯人击败了安纳率领的墨西哥军队。

我正巧赶上了圣安东尼奥的狂欢节。墨西哥餐厅 (Mi Tierra) 就是狂欢节中最有气氛的地方。走进餐厅的一瞬间，感觉就像是星群在你面前爆炸了。20世纪30年代的经济大萧条中，来自墨西哥的小伙子皮特·科特斯 (Pete Cortez) 来到圣安东尼奥，为自己的美国梦奋斗，他靠着三张咖啡桌、一百五十美元和一份家传菜谱创业，如今这家墨西哥风味独特的餐厅已成为当地最热门的食肆，位子天天爆满不说，还吸引了美国总统和世界各地的墨西哥裔名流来这里就餐。

餐厅外就是热舞的人群，音乐声喧闹得让我觉得耳膜生疼。在这片土地上，你可以看见得州人为自由斗争付出的代价。当然最重要的是，自由带给他们的快乐。

继续朝墨西哥边境出发，就是小镇班德拉。这片南方风情浓郁的丘陵地带景色如画，绵延起伏的山丘像海洋般无边无际。透过 Running R Ranch 内小木屋的窗户能看见不远处深红色的马厩。马匹在阳光下奔跑，慵懒地晃着尾巴、打着喷嚏。牧场一共有四十五匹马，规矩是一切以马为主，所以在人吃早饭前，必须喂马。

当年黛安想要找一个能骑马的地方，她想过俄克拉荷马、圣路易斯安那，而来自纽约的发型师却在给她做头发时说："去班德拉，那里有最好的牧场。"黛安和女儿凯西来到班德拉的第一天就知道，这里正是她们寻找的理想之地。去年的感恩节，凯西在晚餐前猎到了她的第一头鹿，而她的十七岁生日礼物就是一把来复枪。

牛仔凯文在树林边的空地上表演着他出神入化的套绳索技艺，呼啸的绳索好像有生命一般，任意变化着形状，甚至可以停留在半空。凯文的父亲巴德已九十三岁高龄，却一丝不苟地穿着格子衬衫、牛仔裤和锃亮的马靴充当凯文的助手。凯文的马也叫切普，它似乎对主人的把戏习以为常，温驯而安静地等待着，用有些无奈的目光看着大惊小怪的观众。女骑师蒂芙尼有一双碧绿的眼睛，仿佛是从牛仔女郎博物馆的照片中走出来的人物。看过她的马术表演，我迫不及待要求骑马去牧场上溜达。

小卷是我的座驾，十六岁，开始发福，性子也变得不温不火，由于鬃毛有些自然卷而得了小卷的名字。显然，和从美杜莎血泊中诞生的飞马帕伽索斯相比，它还是有些区别的，但一样保持着马的高贵性格，与其说是接受了我的差遣，倒不如说是它容忍了我暂时的存在。当它吃完草、发完呆，终于走出自己丰富的内心世界，突然想要飞奔一下的时候，我感到风呼啸着越过我的耳际，掠过我的头发。第一个跃入我脑海的念头竟然是：糟糕了，我一定会无数次想念这种近似飞翔的感觉。

明媚午后在丘陵地带骑马，微风拂面的感觉当然美妙，但我更喜欢的是天色微明时分到马厩喂马。洗过的头发还没来得及干，额角已经开始出汗，这种劳累让我对《夜航西飞》这本书有更多了解。

晚上在树林边点起篝火，火光映着大家的脸，寂静像头顶的星空，分外深邃。我找到了熟悉的猎户座，还有旁边的金牛座都格外明亮，看着熟悉的星座，丝毫没有流落异乡的感怀。这大概是我喜欢猎户座的原因，它让我觉得无论走到哪里，都有老朋友陪伴，所以，永不孤单。

在噼啪作响的篝火前，黛安讲着她这些年的经历。离开原地、追求自由似乎是人的本能，但得克萨斯的牛仔却对自由有着不一样的理解。这自由不仅代表着没有拘束的生活，也代表着责任、创造和勤奋。就像得克萨斯人常说的那句：“勇敢去梦想，执着去实现。”而我，却是因为失落了生命中珍贵的东西，所以满世界寻找。

但或许，越寻找，越失落。

最近总是在想，我究竟有没有底线。如果有，那会是在哪里？这两年来，四处游走，对自己说得最多的一句话是：不要任性。所以事到如今，我们的生活没有流光溢彩，也未曾万劫不复。从一个国度到另一个国度，我也常常问自己，M，我究竟还爱不爱你，如果爱，又会有多爱？但我一早就放弃了与另一个人争夺你的机会。我对自己能提供的幸福，没有概念。

尽管你是我二十岁到三十岁那段岁月中，唯一的故事与全部的故事。睡梦中紧握的双手，将我们的年少轻愁交织进彼此的生命线中去。我们把曾经发生过的所有巧合都拿出来讲，并且加以认真考证，认为那一定是上天对于我们终将相遇的暗示。如果故事没有后来，那么这些天真当然都是真理。

后来，我们随生命的河流去漂游。尽管曾努力想要走回分别的岸边，想为彼此带回远方的碎片，告诉彼此，各自的生命里都发生了什么。但，当所有的碎片渐渐拼凑成一个人看的风景，我开始明白，走那么多路，并不是要再次找寻到你，而是为了失去你。

我怎么与另一个人争夺你？

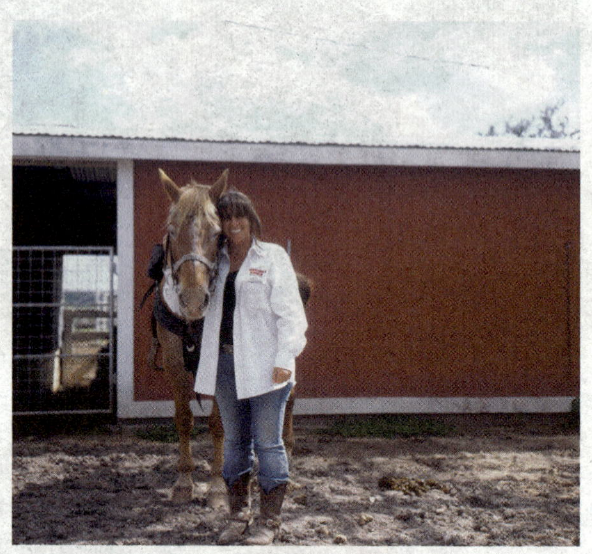

戴安和她的宠儿哥本哈根

九十三岁高龄的巴德和他的切普

Chapter 11

日本 等待的意义

人生是一期一会的事，就像樱花。
古都奈良的一杯茶，吉野山上的一段经。悸动的心渐渐静了。

生命中的喜乐，都是恩赐

当那年冬季终于过去，我恍然发现时至今日生命中不需要任何人亦能活得很健康。我们常常失去，也常常有所得。只是与失去的绝对相比较，生命中的喜乐，原本皆是恩赐。原来，我们都曾是孩子，将在手的幸福看得太理所当然了一些。这个认知，让我觉得自己又老了一岁。

那些不在的人与物，已径自就这样去了，带走它们的那一部分存在，而在我们的生活里留下空洞。伤痛会漫溢进来，填补这些空洞。而留在这里的我们，日日况味存命之喜。生命就是这样一场悲喜交集。一日复一日，直到我们终于拥有一个平静释然的微笑，成为一个老人。

完成新一季设计的那天傍晚，下班后裴明请我吃饭，席间告诉我一个好消息：佳敏怀孕了。只是不适应妊娠反应，所以在家休息。我自说自话点很多菜，埋头狂吃，顺便领到一个星期的假。

“不让你走，怕是要永远失去你。”裴明故意把话说得很暧昧。过半晌，又说，“难道，还没走出来吗？你看，满大街都是好男人。”

我收了筷子，说：“有什么好计较，不就是感情吗？有句话说：人间万事，毫发常重泰山轻。”接下来的一句应该是：“悲莫悲生离别，乐莫乐新相识……”这两句话，都是对的。

最美的相逢是不期而遇

飞机降落在中部国际机场，转乘列车前往市中心，不时有沉甸甸的樱花枝飞速擦掠车窗。樱花的花期可遇不可求，所以只当那是路过的风景，却不知有一场盛大的惊喜正在前方。

第一站是收藏大量江户时代艺术品的德川美术馆。阳光正好，在进入展馆前，我坐在樱花树下休息。知道我远道而来，和我一样在树下小憩的老先生认真地说："今天是樱花满开的日子，你们在一年中最好的时候来到这里，可以说也是历史上最好的时机。"

"满开"即是樱花全部盛开的意思，为期约一周的全盛花期，现在正式开始。

或许说不上最坏，但无论如何，政治也好，经济也罢，对世界来说也好，对日本来说也罢，这都算不上是最好的日子。所以我心怀感激，把老先生这句话当作最盛情的欢迎以及最良善的希望，接受下来。

作为江户幕府第一代征夷大将军，德川家康最大的功绩是结束日本战国时代，实现全国统一。"一将功成万骨枯"，这话放在哪个国家哪个朝代都是真理，所以德川美术馆的重要收藏是武士装备，从盔甲到刀具，其中尤以武士刀最多，共有六百多把。很多武士刀没有刀柄，因为木质刀柄无法长期保存。小池先生将这些没有装饰的刀比喻为"铁的钻石"，而判断一把刀是否优良的最简单办法是听其抖动时的声音，刀柄密合没有丝毫声响的，即为好刀。

武士生涯不能只是刀光血影，还有悠闲雅致的平常生活。饮茶是他们生活中重要的一项，抹茶由中国福建传入日本，像很多从中国传入日本的技艺一样，喝抹茶的习惯及与之相应的茶道在东瀛列岛发扬光大，却在中国本土消失。

茶器与花瓶同样以来自中国的瓷器为上品，其中以龙泉窑青瓷为最高，藏品中最让我留意的是那只南宋粉青(鱼虎)耳花瓶，日文介绍中写着这样三个字："安定感"。回想我们同样英雄辈出的三国时代吧，武将之间最风雅的故事大概算"青梅煮酒"，但煮的依旧是酒，不是茶。读来最过瘾的故事当然更加畅快，那叫"温酒斩华雄"！配角也是酒。但日本武士却喜欢青瓷茶具与茶道，据说因为这两者能让他们感觉平和，"镇定的精神可以千年不灭"。厮杀过后，解下佩刀，用清水洗脚，然后到茶室内郑重地喝一杯茶。

所以，不难理解，为人最不羁张狂的战国枭雄织田信长在盛年遭遇本能寺之变时，独独将最心爱的茶具放在身边，让这些茶具作为陪葬，和他一起灰飞烟灭。或许，在他四十五年血腥杀戮、征伐不断的人生中，最难忘的还是不问纷争的那一杯茶。

除此之外，名古屋德川美术馆里的收藏还有12世纪时创作的《源氏物语绘卷》，属于国宝级别。到了难得的展览时间，总是有很多人去"朝圣"。《源氏物语》已经有一千岁的年纪了，江户名家狩野探幽，画风清雅，如中国水墨爱用留白。

在《源氏物语绘卷》展览的旁边，是为庆贺3月女儿节而组织的特别展出，陈列德川家流传下来的女儿节摆设，其中以人偶最多。或许在如今的人看来，这不过是一片温馨稚趣景象，但在德川统治时期，规定不同阶层的人为自家女儿购买不同级别的玩偶。如此豪华精致的收藏，自然只能出自显贵之家。

除了玩偶、樱花糕模型之外，最多的是白色蛤蜊壳，日文中称“合贝”。这些蛤蜊壳有大有小，但里面都画着精美的图案。我问小池先生这种摆设有何特殊意义，他说，这些蛤蜊都是成双成对的，女儿节时玩游戏，拿到同样图案的男女被认为有缘，会交往下去。他颇为感慨地说：“过去呢，人们还相信纯真的爱情，会白头到老啊。”

暮色渐浓，选择在堀川屋形船上吃日式料理。堀川是一条古老的河，流经爱知县原三河地区，由伊势湾入海。我们预订的这艘船以“德川家康”名字为号，船头的装饰物是名古屋城屋顶上的金色鱼形兽。潺潺水声加上热气腾腾的萝卜酱汤，有几分夜泊秦淮的错觉。

名古屋，月光下的樱花

下榻的威斯汀名古屋城堡酒店正对着名古屋城，中间只隔一道护城河。不想浪费月色，于是漫步在月光下赏樱花，悬挂在树上的纸灯笼也已点亮。同样流连不去的还有穿传统浴衣的当地年轻人，换下白天千篇一律的黑西装，气氛全然变了样。要是来一点酒，就是标准的秉烛夜游了。松尾芭蕉的句子也一样适用：狐狸变作公子身，灯夜乐游春。

月光下，重重叠叠的樱花仿佛梦境。日本人喜欢说“一期一会”，意思是这一刻错过再也不会有。我在无意之中遇见樱花满开之日，人生

德川家康游览船

的事，果然无常之中有惊喜。

第二天清早自然是拜访名古屋城。装饰在屋顶两端的鱼形兽在晨光中闪着金光，鱼形兽在日文中叫“鯱”，传说是海中怪兽，用来保佑建筑不受火灾。尽管这鱼形兽已经是无人不识的标志，但依旧难免被焚毁的悲剧。1945 年 5 月的名古屋大空袭中，天守阁被焚毁。天守 (tenshu) 是大名或城主政治权力的象征，所以总是建在城中至高处，风势最大，离水源最远，我几乎可以从陈列馆里那张模糊的黑白照片上，听见梁木在大火中噼啪作响。

重建后的天守阁，几乎完全复原了当年的外观。通往大殿的石阶依旧是五十厘米宽，而且非常低矮，这样的设计是为了方便佩长刀、穿武士服的武士可以大步飞奔上正殿救主。1609 年，德川家康决定将尾张的中心从清洲移到名古屋，便发动加藤清正、福岛正则、前田利光等西国大名出钱出力。名古屋城于 1612 年竣工，为明确各自的贡献，所有石材上都刻着大名的家纹。其中一个看上去很像竹签串起的糖葫芦，一问才知那竟是铁丝串起的三个败将头颅，那位大名以此作为家纹，为的就是宣扬战功。

郊外犬山的城堡与名古屋城相比，规模远远不及，却以年岁取胜。

我们抵达名古屋市郊的犬山城时，一年一度的犬山春祭 (Inuyama Festival) 刚结束，地上还留着祭车山留下的白色划痕，而每年春祭时都会点亮的三百六十五只灯笼正挂在樱花树沉甸甸的树梢。

木偶展示馆中陈列的是犬山特产：机械木偶。犬山祭车山中使用的木偶也收藏于此，错过了盛事的人们可以来这里领略一二。

为了让来访者更好地了解机械木偶的奥妙，展馆的工作人员拿出“奉茶偶人”来做示范。取下偶人身上的和服，就可以看见发条和齿轮的运作原理。这场面让我不禁想起小时候拆洋娃娃的不愉快经历，好在这偶人很快又穿上华服，恭敬地给客人敬茶。不过半米高的小偶人笑容可掬，不仅懂得进退，还懂得转弯。如此“礼节”当然归功于设计巧妙的发条。据说当年这样的偶人常用来接待贵客，以博一笑。

犬山的机械木偶制作已经有将近四百年的历史了，偶人头像的制作工艺源自中国的木偶戏，而机械部件的设计则取材于西方钟表工艺中的发条技术。对机械木偶的喜爱不知是不是日本人沉迷机器人的发端，但机械木偶的制作工艺绝对是日本人处世哲学的缩影：万事取其长，为自己用。

展览馆一角是木偶制作大师玉屋庄兵卫的工作室，空间虽不大，但布置古典雅致，不难让人想象大师屏息凝神、专心创作的场面。木墩上摆放着雕刻工具和一系列小巧的木偶头像，向观者演示偶人的生动面貌是如何自一块粗糙的木疙瘩中诞生。这些木偶的头都由大师亲自完成，而徒弟们则负责身体与机械装置的拼凑。和能剧中使用的“能面”一样，这些头像都具有神奇的魔力，仿佛具有了生命一般。或者是大师在精工细琢的过程中，将自己的灵气投注到了那些没有生命的木头之中，于是匹诺曹也能成为有血有肉的小男孩。

犬山城天守阁是日本现存最古老的城堡，与连接式的名古屋城不同，因建造年代较早，还保留着初期天守阁“展望台”的功能。城堡最高处有四十多米高，建在靠河的山顶之上，为快速排干雨水而故意造得向下倾斜，走在上面，实在叫人胆战心惊。站在高台上，狂风将山脚下的樱花瓣席卷上来，直到发间全是粉白色花瓣。

由于犬山城邻近日本知名的河流木曾川，江户时代的儒学家荻生徂徕就根据中国诗人李白之作《早发白帝城》将这座城堡命名为“白帝城”。犬山城在大名织田近广和织田信康手中建造而起，很长时间内一直是织田氏的城堡，1562 年，织田信长与叔父织田信清反目后攻下此地。这座城池此后几易其主，一度也曾属于丰臣秀吉，最终落入德川家康手中。1617 年，家康的家臣成濑正成接任城主，成濑氏对犬山城的统治便一直延续到现代。至今，楼内还陈列有历代成濑氏城主的模样，从画像到照片，由武士服到西装——那个陌生而传奇的战国时代原来真的与此刻的太平盛世血脉相连。

晚间借宿山中的犬山国际青年旅社，清早出发继续前往冈崎城。那里曾是德川家康父亲松平广忠的领地，天文十一年（1542 年），德川家康出生于此，取名竹千代。如今这里建起了三河武士冈崎家康馆，记载那段动荡不安、充满血与泪的岁月。

德川家康画像旁挂着母亲于大之方的画像，和那个年代很多女性一样，她有张模糊愁苦的面容，衣着朴素，因为政治而无法决定自己的婚姻与命运。德川家康隐忍谨慎的性格，多少自她那里继承而来。

我还有幸见到了大将本多平八郎忠胜的武器“蜻蜓切”，这把由德川家康所送的名枪锋利无比，据说轻巧的蜻蜓站在上面都会被切开。我尝试着举了一下蜻蜓切的复制品，发现手持这把全长一丈四尺四寸三分

（约 4.23 米）的长枪，要分清楚南北、稳健站立已是难事，更不用说上阵杀敌。历史上的本多平八郎忠胜曾凭借蜻蜓切的助力，五十七次进出战场，毫发无伤。德川家康所托不虚。

冈崎德川馆的墙上，书写着德川家康的遗书，即那段著名的话：“人生有如负重致远，不可急躁。迫不得已是常有的事，没什么好失望……责人不如责己，过之犹不及。”如今这段话被刻在代表德川氏的葵纹之下，做成纸镇、书签贩售。但据我所见，并不十分受欢迎。这多少也和当代日本人对德川家康的功过看法见仁见智有关。

关于德川的性格，最有名的典故是，当别人问他如何才能让杜鹃鸟啼鸣，德川回答：“等待。”

除却多难而挫折的命运，德川家康遇见的真正劲敌就是那两位：织田信长与丰臣秀吉。他们三个的实力范围都属于尾张，一山不容二虎，更枉论三虎。而其中实力最弱、三岁起就在他人屋檐下做人质的德川家康，却能最后挑起关原合战，成为战国时代的终结者。他先等岳父今川义元在桶狭间之战死于织田信长手下，而后摆脱钳制，改名德川家康；再等织田信长遭遇本能寺之变；再等丰臣秀吉受困于朝鲜战争，逝于伏见城……

所以有人说，德川家康的成功，归根结底全都在一个“忍”字。这长达七十五年的忍耐与等待，让他满头白发之际才登上权力巅峰。战国时代群雄逐鹿，忍辱偷生的大名也不在少数，但只有德川家康等到了最后。就是这样一个在忍耐里等待一生的人，却最后拥有了天下。当过去的荣华如樱花飘零，人世的无常次第上演，或许等待真是最好的方式。

走出德川馆，坐在樱花下晒太阳，耳边却听见铮铮的三味弦。循乐音而去，那是一座半露天的能乐堂。节目单用纸镇固定在门口的桌子上，今天表演古时民谣“正调”，演员一律穿绿松石蓝传统服装，由三味弦伴奏，唱歌时发声方式类似“能”，古意盎然。

日本的能乐都是悲剧，前世的魂灵或神穿越舞台左侧的桥再次来到人世，乐手在后，歌者在旁，演员在舞台中央专心于动作，讲述他的经历，时常以“人生如梦如电”的感慨作为终结。比起京都祇园的歌舞，这样偶遇的民谣表演似乎更有质朴乐趣，也一样可以告别“荒终”，迎来暖春。

此时的冈崎城内弥漫着酱香，这是因为除了德川家康，此地另一特产是味噌，其中八丁味噌最为闻名，至今畅销。而酿造味噌时使用的石头，依旧是两百年前从矢作川中捞上来的光滑大石。人们不会每日谈起过去，却每日都品尝着过去流传下来的味道。

大名不长存，荣华不长久，但味噌汤，常有。这就是寻常日子的可贵之处。

前往三河河谷的前夜，寄宿在西浦小镇上，这里是驰名的海边温泉小镇。下榻的银波庄是和式酒店，一扇扇的纸门像迷宫一样。躺在榻榻米的暗处，想象三百多年前织田信长在安土所建的天守阁，那是全日本规模最大的城堡，里面装饰的全是画家狩野永德画的纸门屏风。每扇门上都是风雅的名画，开合都是美景，那是怎样的景象啊。

犬山的樱花开得漫山遍野

名古屋的小酒馆

豆腐山菜料理

德川家康纪念馆外的三弦表演

当年的三河武士一直将寄人篱下的德川家康当作“无明夜中的长明灯”，后在与武田信玄的三方原合战中死伤惨重，但三河武士的勇猛也令德川家康自此名扬天下，得到“海道一雄”称号。如今，三河武士的后代们以打鱼务农为生，依旧对生活有着勤勉不服输的劲头。

尝过海鲜，我们前往最后一站：小镇丰桥，那里的二川宿本阵资料馆展示着江户时代的生活与旅行风貌，其中的旅笼屋更是接待过德川家将军和诸多大名的“国宾旅社”。向游客开放的德川将军客房，是装饰最精致文雅的房间，但以现代人的眼光看来，也不过朴素的一桌一椅而已。

旅笼屋就建在街边，不时有车驶过。但印着黑色葵花家纹的白色布幔让空气里有难言的凝重肃穆之气。

丰桥是个洁净的小镇，等待讲解员的间隙，一位旅笼屋的工作人员在院子里清理一棵橘树的落叶。她用犁耙细细扫着，地上留下整齐的印痕，仿佛京都的枯山水。她认真地把落叶整理到一起，但又并不全部清理干净，留下少许在角落。就这样，依旧保有自然的落叶风貌，不会干净得过于突兀。

我饶有趣味地观看她扫树叶，仿佛在上一堂美学启蒙课。这种“虚假的真实，不自然的自然”也是日本审美的重要组成部分，比如他们的花艺和庭院，取法自然，但其实每一样都经过人工细心安排，使其重新达到最“自然”的状态。

旅笼屋并不大，但在当年已是最高级的客栈，很多交不起住宿费的旅客不惜拿名贵字画作为抵押。旅笼屋对面是资料馆，看了才知道，在江户时代，日本人的出行是这么复杂。德川幕府规定，五十户人家结为一个管理单位，有事须向官府报告。人的迁徙受到控制，出门前必须先得到官府文书——“往来手行”。上面最叫人惊讶的条款是关于遗体处理的事项，大概意思是：“如果我在旅行途中遭遇不测，同意官府就地掩埋。”资料馆里当然也有轻松的记录，比如有位旅人在日记中写：文久二年（1862年）十月七日，有云，我在路上遇见一个朋友，然后吃了一只柿子。

最丰富的藏品是那些五花八门的旅行用具，从折叠枕到便当盒，从折叠灯笼到微型算盘，应有尽有，甚至还有伪装成刀鞘的零钱包。他们把故事称“物语”，人世间的一切在他们看来都是器物的故事，人不过是往来其间的过客而已。

人生是一期一会的事。今日之别，即为永诀。但人生的奥妙没有人可以参透，殊途同归的故事，也不是没有。

离开丰桥，我和一群出海垂钓的大叔一起上了渡船，海水泛起薄荷绿的波涛，静静向海湾的另一端驶去。

渡船在大阪靠岸，上岸后，搭近铁前往古都奈良。

奈良，时间的琥珀

公元710年，元明天皇决定将都城迁到奈良地区，因为这地方“四禽叶图，三山作镇，龟巫并从”，适宜建立都城。元明天皇的决定诞

旅笼屋

打扫落叶的工作人员

生了日本第一座正式的都城“平城京”，也开启了日本历史上的“奈良时代”。

忽略短短十年的“长冈京时代”，位于“飞鸟时代”与“平安时代”中间的“奈良时代”似乎稍显平淡，却意义非凡。盛唐文化随返乡的遣唐使们来到日本，也成就了日本历史上第一次文化全盛局面。所以出现在我面前的奈良，仿佛一块时间的琥珀，安安静静地折射着一千三百年前的大唐气象。

抵达奈良的第一站自然要去拜访自大唐来的鉴真。

位于日本奈良市西京五条街的唐招提寺是日本国宝，日本最早的律寺，如今依旧是日本律宗的总本山，由鉴真和尚于公元759年开始兴建，曾是天平时代规模最大、工艺最美的建筑，当初曾被称作“海东无双的大伽兰”。大殿“金堂”内供奉着金色的主佛卢舍那佛像，采用奈良时代特有的干漆造像工艺，两侧高高的千手观音立像和药师如来佛立像也是如此。

佛经说“色即是空”，但我总是忍不住折服于当年雕刻师的技艺，几乎配得上“鬼斧神工”，虽是假人手制作的佛像，完成后却没有一点人世烟火气。站在殿外仰望这些佛像，让人内心一片空明。

古都奈良历史久远，出现过许多手工技艺高超的匠人，尤其擅长制作佛像、麻布、漆器、团扇、墨、毛笔以及古乐面具，及用在能剧等表演中的面具，而诸多特产中，“一刀雕”是“不大被看好”的一种。“一刀雕”，顾名思义，即是一刀定乾坤，刻下去之后再不做修饰改动，所以最终完成的作品也保留着刀痕，有质朴意味，可以看见雕刻者每次蓄势运刀的过程，仿佛记录着雕刻者的每一次呼吸。用一刀雕创作的佛像，不讲虚假装饰，尤其是技艺非凡的雕刻师，寥寥几刀就可在高数丈的木材上劈出轮廓，手法如法螺吹出的狮子吼一般，不怒自威。可惜，这样的自信与酣畅却又常常被俗世人误解为粗糙。

如今的“一刀雕”日渐式微，但依旧有爱好这门艺术的年轻人为之付出青春。他们自专科学校毕业后到寺庙学习雕刻佛像，并将这段经历当作人生的修行。这是传承了九百多年的传统，至今未改。

游客络绎不绝，在廊下休息，或在喷水池边喝山上来的泉水。我站在全部由榧木建造的正殿前，透过镜头细细看所有的建造细节，完全明白了隈研吾对木材的偏爱。隈研吾出生于奈良近旁的神奈川，他在东京的著名设计作品表参道 ONE 以建筑表面的落叶松木条而知名，在诸多大牌设计师的先锋设计中，显得温和沉郁。隈研吾认为木质材料有独特的能量，能为城市带来温暖、柔软的自然气息。而建造唐招提寺的这些榧木被日本人尊为神木，它们逐渐褪成浅淡的灰褐色，有种悠远肃穆的意味，依旧有着绵长的生命力，与四下的树木一同呼吸着。

御影堂内供奉着干漆夹造的鉴真坐像，一年只开放三天，无缘得见，而日本当代画坛泰斗东山魁夷为御影堂绘制的六十八幅屏障壁画也是如此。从最初的《山云》，到完结篇的《瑞光》，只是站在门外默诵这些名字，已经体会到那种幽深玄妙之气。

珍宝阁向右，走过青色石板路，两边参天的水杉木下长满厚厚的青苔。鉴真墓的四周栽有各种来自中国的树木，而墓前种植的则是一株来自扬州的琼花。那个时代，日本曾十次派遣唐使到扬州谒见鉴真。还有

小镇街道

奈良，鹿如精灵

厚厚的青苔长在树下

竹林院

更多遣唐使奉舒明天皇诏令，在夏天出发，随风在海上漂荡一两个月，然后于浙江上岸，再经陆路前往长安。当风向在冬天转变，遣唐使们又随风返航。由于洋流和风向的关系，回程只需一个月。但海面上依旧险象环生，“沧海淼漫，百无一至”，这些遣唐使为达成使命而付出的代价往往是生命。最终顺利回到奈良者带回大唐的点点滴滴，根据他们的描述而建起的平城京“藏风得水”，就像长安城的一个小小缩影。

如今风向对这段航程依旧有影响，只是从过去的两个月变成了如今的二十分钟。而当年随空海大师漂洋过海从长安来到奈良的茶树早已生根繁衍，新芽丝毫没改变一千多年前的味道。

盛夏傍晚，阳光久久不肯消散。鹿群在公园散步，或在游客身上寻找食物的气味。奈良郊外的慈光院中，住持尾关绍动请我们喝茶。移门全部敞开，可清楚地看见院中精心修剪的植物，如放大了的盆景。而茶室南侧的窗口看过去，就是城市远景。这间敞亮的茶室有个最合适的名字，叫“不昧”。

寺庙中的住持们都身份高贵，尾关住持却随和得让人意外。当我问起什么坐姿才是饮茶的正确姿势，他回答：“没所谓，你觉得自在就好。休息下，看看风景吧。”茶室一侧有专门演示茶道的房间，穿和服的茶道师在演示过后示意我亲自上阵。

取茶粉，加沸水，然后用茶筅快速调匀，在每完成一道工序后，要将所用的茶具一一归回原位，同时保持身姿端正沉稳。茶碗中如此轻盈的泡沫却是一千五百年前隋唐的气象，这是我第一次真正领会什么是“沫沉华浮，焕如积雪，晔若春敷”。我缓缓逆时针转动茶杯两次，直到杯上的兰草图案朝向住持，他双手扶膝，颔首道谢，然后接过茶杯。那一刻，很多噪声都安静下来。怪不得住持说："如果不可以触碰，如何体会。如果不靠近，又如何明了。"

与其他为供奉佛像而建造的寺庙不同，慈光院是为人而建的寺庙，人们可在这里通过喝茶体会佛教的根本：正如茶的滋味只有品尝的人知道，人本身的修行也只有自己内心知晓；正如茶只能保持片刻的新鲜，人的一生"死生事大，无常迅速"，所以要珍惜片刻当下。

喝完这碗茶，在暮色中道别，正式开始了这趟寂静的旅程。

夜晚寄宿在奈良郊外的信贵山温泉旅社，旅社餐厅藏在一座完美到近乎不真实的日式庭院内，小小空间里规划出小桥流水，每株树木都修剪得毫无瑕疵，紫色绣球花上还留着白天的香气。而餐厅名字写在翠绿色布帘上，简简单单的"蓬乃里"三个字，飘逸得似要随晚风而去。

面对山谷的温泉浴室从清晨 5 点半一直开放到夜晚 11 时，因为客人实在不舍围栏外的景色，尤其是清晨日出时分与傍晚的日暮。入夜看着夜景泡温泉，水声与虫鸣反而更显寂静，偶尔有迷路的萤火虫，一时想不起有多久不曾看见这样的夏夜。

清晨，赶早又去泡一回温泉，直到太阳笼罩整个山谷才作罢。日式早餐的规模和晚餐不可同日而语，却也一样正式。素面、味噌汤、煎鱼、水果，搭配得色香味俱全，而我与纳豆锲而不舍的"缠斗"是如此风雅的早餐中最不和谐的一项。

用过早餐，步行去寺中游览。朱红色木桥建在数十米高的山涧上，两边是葱茏的山峰，气势开阔。

信贵山山腰上的照护孙子寺原是为保佑皇室的健康而建，但信贵山属佛教真言宗，被人们认为是毗沙门天王第一次现身的灵地，而毗沙门天王正是掌管财宝和福德的神，所以寺中即便不是参拜日，也有无数信徒前来。寺中那棵榧木已有一千五百年树龄，而全日本仅有两棵的佛手银杏也已五百岁。

因为老虎是寺庙的象征，所以依据中国生肖为虎年的2010年对照护孙子寺来说意义非凡，作为寺庙本尊的秘藏佛像“毗沙门天立像”为纪念这个特别的年份而开龛。大殿后侧供奉的诸多佛像却是常年可见，隐在暗影中，借着窗外透来的微光才能看清。

照护孙子寺很早就设有住宿处，供人们在寺中抄经修行。大殿后的戒坛有一条六十米的暗道，进入前庙里的僧人告诉我要靠右缓行，会在两个转弯后看见供奉的“守本尊”。我触摸着光滑冰凉的石壁前行，很快没入全然的黑暗，失去时间与空间的概念，仿佛悬浮于苍茫宇宙，最初的恐惧渐渐被坦然取代，只是前面出现了微弱烛光，看见有神龛供奉着十二尊小佛像。继续前行，又是黑暗，直到外面的光线突然降临。这片刻的黑暗与最终的光明，或许是关于我们现况的比喻，再简洁不过，却无比贴切。

告别信贵山前往吉野山的路上，水汽在半空凝成大朵云团，半路下起大雨，雨不多时就停了，天上悬挂起一道180°的彩虹，许久不散。我从没遇见如此完美的彩虹，目不转睛地看着，直到彩虹终于被壮烈的火烧云吞没。

这晚要投宿的辰巳屋就在吉野山顶上，车子在蜿蜒的山道上不断转弯，空气越来越新鲜。赶在最后一抹火烧云被黑暗吞没之前抵达了旅店，主人拿出水晶黑豆甜点作为欢迎，小碗边装饰着山里新鲜采摘的草叶。

片刻，久留于心

金峰山寺距辰巳屋不过数百米，只是金峰山不同于别的寺庙，夜晚无人居住，所以只有一早再去。

昨夜山脚的水汽已成了清晨山谷间的云雾，它们随风势自在来去，仿佛拥有自己的生命。从房间的窗口，可远远望见金峰山寺一角飞檐，关于它的诸多传说一一闪过脑际。在日本众多木造古建中，它的规模仅次于东大寺，连迎神的玄关“鸟居”不似一般庙宇由朱红色楠木制成，而是由建造奈良大佛时用剩的铜来建造。临出发，旅馆主人又准备了咖啡送行，一喝居然是手磨的蓝山。坐在露台上慢慢喝着，曾以为看云海要配上好黄山毛峰，却不承想就着咖啡也合适。

走过吉野老街上诸多的传统小店，来到金峰山寺，早晨修行已经结束。在正殿外眺望山景，吉野山是日本最著名的赏樱地，“一目千本”，意思是一眼看过去，能望见上千株盛开的山樱，说尽樱花时节吉野山的盛景。尽管如此知名，但吉野山的樱花不是为取悦世人的眼睛而存在，而是为雕刻佛像才生长。而金峰山寺内供奉的是最有个性的菩萨：金刚藏王菩萨。之所以说“最有个性”，是因为“藏王菩萨”右手持三钴杵，左手按在腰侧做降魔的手势，右足则高高抬起，表情严厉得近

金峰山寺

乎凶恶。和那些有求必应的菩萨不同，他对人世间的事，可以听也可以不听，如果出手，也只救那些他想救的人。

高野山、吉野山及金峰山这三座山一直以来就是“山岳信仰”的圣地，传说吉野山的某位修行者“役”因受到“藏王权现”的感召在该处建立金峰山寺，而寺中供奉的是藏王菩萨的“三世”雕像，即代表前世的释迦如来、代表今生的千手观音以及代表来世的弥勒佛，最高的释迦牟尼像高达7.3米。只是他们都并非印象中的慈眉善目，而是怒目相向，露出利齿，身后燃烧着鲜红的火焰，整个身体都为青黑色。这是因为，人们觉得三世诸佛都过于慈善，不以这“金刚藏王权现”的可怖形象出现，无法去除参拜者内心的魔障，让妖魔与凶灵退散。但他慈悲的内心又不可更改，所以有了青黑色的身体，表达对世人的悲悯之心。四百多年来，这三尊佛像站在藏王堂的后殿，以木栅栏与帘幕遮挡，成为日本最神秘的佛像，很多参拜者一生难见真容。住持说，之所以如此，是因为不常在眼前，才能久留于心中。

住持为弥补我们远道而来却不能见佛像真容的遗憾，在殿外吹响手中的法螺。这种修道的法具如“狮子吼”，可以驱散人内心的魔障。

在震耳欲聋又绵延不绝的法螺声中，我双手合十、紧闭双眼，片刻的空明后，却回想起清晨那杯咖啡的绵长滋味，以及竹林间无声流淌的云海。“色声香味触法”，这一路走来，每一样都美得不忍舍弃。或许正如肤色青黑的地藏王菩萨，对于参拜者的祈愿他可以听也可以不听，俗世的我们，对于身边稍纵即逝的乐趣，可以舍弃也可以执着。佛举重若轻，人举轻若重。

沿着当年修行者的参拜路线，我继续前行。千年前为圣德太子所建的椿山寺，自古以来都被修行者作为落脚修行的禅房，如今已改建为温泉旅馆，取名“竹林院群芳园”。建在海拔五百米山中的群芳园，是“大和三庭园”之一，也是其中最“高屋建瓴”的一个，院中那棵樱花树已经有一千年了。除却灰白色调的障壁画与印着白色花纹的移门是古意盎然的和式风情，花园却流露出纯正的中式禅意，尤其是池塘中三块长满青苔的灰黑色山石，象征着嶙峋的道家山岳。平城京的建造就曾依据道教思想“藏风得水”的风水观念，当然也就不那么令人惊讶。

午餐是汇集山野精华与千年“椿山寺”历史的“椿山风怀石”，从“先付”到“果物”一共十四道，盛在与食材的质地、形状及颜色最为匹配的碗碟中一道道呈上桌来。其中使用的蔬菜都是刚从寺庙中采摘来的，为准备这样一餐，好几位厨师在厨房足足准备了一个小时。特意要了菜单来看，居然是刚刚手写完成的，因为季节不同，每一餐的搭配都会变化。在飘逸的手写体之间，我勉强辨认出这几样：紫阳花寄世，茗荷寿司，莲根，舞茸，一字文柚子。

这一餐吃下去，就明白了什么是世俗的风雅。当年的修行者从熊野古道一路参拜，经过八十千米奔波来到这里，稍作休息。而对于我来说，盛夏才刚刚开始，前往熊野古道的参拜之路才正要开场。奈良这第一千三百个夏天，对于古老的土地来说或许只是又一稍纵即逝的片刻，但对于身为匆匆过客的我来说，却悠长得接近永恒。

南日本海，突然盛夏

在和歌山市的黑潮市场看过金枪鱼分解表演，又在对面的水果店买了无数刚上市的新鲜橙汁与桃汁，确定物资充沛，才开始沿纪伊半岛的海岸线，朝本州的最南端前进。盛夏即将到来，尽管太平洋上涌动的黑潮暖流让这段海岸线总是温暖如春，但作为日本最大的水果产地，和歌山次第上市的甜橙、蜜桃以及梅子，依旧用如此甜蜜的提醒，告诉着人们季节的转变。很快，整个日本岛就会尝到这些来自关西的盛夏之味。

车窗外一望无际的太平洋，间或有灰色的嶙峋岩石，有枯山水的意境。正所谓伤春悲秋，大概是因为季节转变带来的感慨，这样海阔天空的景色，我想起的却是村上春树和他的名作《挪威的森林》。其中唯一的关联，大概是因为村上在采访中说：我是个地道的关西人，母亲是船场家的女儿。

《挪威森林》中，失去恋人直子的渡边流浪在山阴海岸，位于关西北面的兵库、鸟取。因为村上的描写，那片海在我心目中无比黑暗悲凉，而出现在我面前的，却是与之截然不同的银白色的白良滨沙滩。

面向铅山湾，绵延六百四十米的平浅海滨，属于夏天的遮阳伞盛开，海边排列的椰子树，更是典型的热带气氛。难怪，会与夏威夷威基基(Waikiki)海滨缔结为姐妹海滨。

沙滩上全是穿泳装的年轻人。他们中有京都来的、在旅馆中工作的女孩子们，也有一路打工一路流浪的东京男生，只会三句中文：你好吗？我爱你。再见！其实，要开始、维持并结束一段感情，这三句话已经绰

每天准备早餐的侍应生

傍晚的海，无边无际

绰有余。

他们被太阳晒成金棕色的皮肤，闪闪发光的笑容，让这块海域洋溢着不同于日本其他地方的异乡气息。历史长河中，这里也曾经被《日本书纪》《万叶集》咏诵，赞叹这洁白晶莹的细沙，是灵魂永恒的疗伤地。而现代科学技术却早已破解其中谜团：这里的沙不过是因为含有 90% 硅酸的石英砂，所以分外白净松散。

方程式可以解决很多问题，也可以破坏很多梦境。这就是现代人的困境。

春天的繁花落尽，夏天在烈日中轰轰烈烈地来了。我朝着海边的方向继续往南。

出现在面前的是比日本任何地方花期都早的南纪白滨，不过半天的车程，已十分靠近本州最南端。这里三面环海，又有无数温泉涌出，自然是无人愿意错过的度假之选。

傍晚快要来临，在离沙滩不远的武藏温泉旅馆投宿，推门而入，空旷的和式房间，几乎可以容纳四世同堂的大家庭。离日落还有些时间，泡杯煎茶稍事休息。

很多人下榻武藏温泉旅馆是为了这里舒服的温泉，还有酒店难得的地理环境：走几步就是观看圆月岛日落的最佳地点。在酒店窗口就可以远眺那座小岛，镶嵌在浦南海上，南北长一百三十米，东西宽三十五米，高不过二十五米，却被正式命名为“高岛”，这多少算得上名不副实的名字，很快被另一个名字取代：岛的中央有个圆形的海蚀洞，人们纷纷将这座小岛称为“圆月岛”。圆月岛的日落作为白滨的象征而备受喜爱。

酒店向所有主客提供精确的日落时间：6点22分。

穿着木屐慢慢走过去，发现人群早已经聚集，有穿夏季浴衣的日本情侣，也有金发碧眼的异乡人，大家在海堤上耐心等待着，调校相机，低声聊天。

太阳靠近海岸线的那十多分钟，天空被染成金红色，而来自五湖四海的人们早已经在等待中培养出默契，一起不断随日落的方位调整着位置，静静等待落日穿过圆月洞正中的那一刻。比起在白天坐玻璃船靠近圆月岛，这样隔着距离的等待更加意义非凡。终于等到完美日落后的人群满意地散开，不约而同朝着镇上的拉面店与露天温泉浴场进发。沙滩上时不时有烟花升腾而起，在半空盛开。

白滨的温泉与道后、有马齐名，是日本三大最古老的温泉。不知是因为舟车劳顿，还是这古老温泉的神奇功效，加上榻榻米特有的安全感，吃过武藏温泉旅馆颇有特色的会席料理后，一觉睡到日上三竿，一点梦都没有。

第二天依旧烈日当空，我学着当地人的样子，将白毛巾扎在头上，看来像从温泉浴场偷跑出来的打工仔，散步的老人家挥着手和我打招呼："早上好呀！"

从地图上看，千层敷距离酒店，不过指甲盖的距离，事实上，开车也不过一刻钟而已。由三层砂岩形成的大岩盘，从濑户崎的前沿一直伸向太平洋，由于质地柔软，斜坡状的乳黄色岩石在滚滚海浪的侵蚀下，显出万千层次，宛如一席宽大的岩石榻榻米，这也是"千层敷"一词的来历，敷，即是榻榻米的意思。岩石因为质地软，所以成了年轻人们留下感情见证的绝佳场所。脚边随处可见情侣的名字，用一个俏皮的心形包围起来。海浪和海风的洗礼，

为前来沐浴的客人准备的木屐

拉面店的灯笼在暮色中亮起

圆月岛，等待日落的情侣

海边的乐园，摩天轮等待夜晚的樱花

让这些刻痕显露出温柔的模糊，看起来很有些沧海桑田矢志不渝的回肠荡气。

如果说千层敷的海洋依旧有温情脉脉的一面，那三段壁的浪，只能用惊心动魄来形容。

三段壁，意思是像屏风一样的阶梯，它耸立在千层敷南海岸，是一片高达五十米、南北宽达两千米的悬崖峭壁。山岩没有任何酝酿，陡然断裂。因为有这样绝佳的视野，这块大岩壁相传曾是从前渔夫们守望来往船只和鱼群的地方，被称为“见坛”。在悬崖边缘往下看，拍岩而来的黑潮激烈碰撞，怒吼着在岩石上撞得粉碎。

要前往悬崖的底部，并不需要克服恐高，从悬崖上攀岩而下，而是可搭乘电梯进入下方三十六米的洞窟参观。这样的便捷多少不够刺激，但胜在安全高效。在战胜恐高之后，你接着只要战胜幽闭恐惧就好。湿漉漉的黑色岩洞里，回响着惊涛骇浪的怒吼。

平安时代，强大的熊野水师就曾藏身在这里。所以洞窟中特意辟出一块空地，展示水师当年的生活与战斗场景。洞窟最深处是一处祭坛，供奉的佛像全部以不怕水汽锈蚀的金属铸成，而这间小小的寺庙竟然装着密封舱式的圆形金属大门，当涨潮的时候，所有洞穴都会被海水淹没，届时，这些大门将全部关闭。尽管是这样不可预计的场面，虔诚的信徒依旧将捐献的长明灯挂满了整个洞穴，连走廊上也摆得挤挤挨挨。

那智胜浦，山水的守护

离开洞穴，我在海风里好好享受了一下阳光，大口呼吸，然后继续向南。比起南纪白滨的热闹，接下来的一段海岸显得有些荒凉，好在两小时后到达串本，在全世界纬度最高的热带海洋公园——串本海中公园吃了午饭，顺便喂了那里的大海龟和壮观的鱼群。看一下地图，已经到了半岛的最南端，这个认知让头顶上的太阳显得更加毒辣。司机感慨着难得的高温和连日的大晴天，说：“你来旅行的这些日子，天气一直这么好，你就是我们说的‘晴女’，会带来晴朗天气的人。”而我只是一边道谢，一边将毛巾用凉水浸透后扎在头上降温，对自己拥有如此“异能”，实在爱恨交加。继续研究地图，获得的唯一安慰是：我们要开始往北进发，前往那智胜浦町，并在那里经过熊野古道，攀登那智山。

所谓“仁者乐山，智者乐水”，但我此刻对高山的向往，不过是因为熊野古道上参天的古树可以提供沁人心脾的阴凉，更不用说山上寺庙门口汩汩流淌的清凉泉水。而我离这一切，不过是不到三小时的车程而已。

大门坂是熊野古道的入口，有位老奶奶和她的女儿们在近旁经营一家小店，提供平安时代的和式单衣租借，以及甘甜凉茶。小店门外的那对夫妻杉已经八百多年树龄，经过它们，就是长约六百米，高低落差一百米的石板路，踏上这段当年为参拜者们铺设的石板路，也就开始了熊野古道的参拜之路。

四下寂静，不时遇见长青苔的神龛，供奉着地藏王菩萨。树影下，是簇拥的绣球花，颜色不同于别处，是一种分外高贵浓郁的紫色。石阶随山势蜿蜒，除了专心致志地攀登，不做任何它想。绿色的凉意在呼吸之间，充盈肺腑，然后又化成汗水在额角蒸发。海边的燥热不知不觉间已经全部远离，休息的片刻想起海边的旅程来，仿佛是非常非常遥远的事。

那智瀑布最先是以轰鸣的水声出现的，山路拐好几个弯，才看见它的真面目。号称日本之最的那智瀑布，从一百三十三米高的山顶倾泻而下。从瀑布最下端的飞泷神社仰望瀑布，世间万物只剩下面前迷蒙的水汽与耳中震耳欲聋的轰鸣。虔诚的人们相信那智瀑布的水可以让人长生不老，所以山泉水被称为：延命水。取过长勺，先洗手，再喝水，只觉得甘甜清凉，并无醍醐灌顶之类的特别感受。但若有人真为长命百岁而天天来这里喝水，经过这些台阶的试炼，以及山间清新空气的荡涤，身子骨一定会被锻炼得百毒不侵吧。

熊野古道是古代由京都往熊野三山的参拜道，“三山”是本宫大社、速玉大社和那智大社。那智大社建在四百六十七级台阶之上，稍作休息，又加上那智瀑布“延命水”的加持，我终于站在了那智大社的面前。神社旁种植着八百五十年历史的古老楠木。那智大社是以许愿灵验著称的，所以祭坛前站着许多许愿的人。在香炉内点上三炷香，然后击掌，许愿。那一刻我的脑海竟然一片空白。我想，背负如此盛名，这里的神明也一定很忙吧，不如让他们先解决别人的愿望再说。

沿着山路向下，朱红色的三重塔像著名的招贴画中画的那样，静静站在那智瀑布旁。这纯粹静谧的景象中，有种理所当然的大美，让人相

老奶奶店里的甜凉茶

那智山三重塔渡寺

温泉的名字叫忘归洞

信，它们千万年都不会改变，会一直在这里守护人们的信仰和愿望，虽季节变化，但风雨不改。

忘归洞，我从这里归航

山上并无旅店，因为山下即是著名的胜浦温泉乡。没有比结束一天辛苦的登山参拜后，泡着温泉看海景更舒适的事情，我在傍晚下山，抵达被誉为“全日本第一”的南纪胜浦温泉酒店时，正是黄昏。真是没有见过如此规模的旅馆，地面上画着各色的标志，带领主客前往不同的客房与温泉。旅馆外的渡轮码头，不断有游客抵达。大厅里播放着电子合成器制作的音乐，有20世纪80年代的靡丽与愉悦感，叫人想起夏威夷，微波荡漾，火红的扶桑花四处开放。

太阳迟迟不肯落下，我搭乘酒店的看不见尽头的扶梯，前往酒店最高处的山顶看海景。山下是著名的纪之松岛，在暮霭中，一百三十多个形状各异的小岛散落在海上，不时有观光船穿梭其间，划开一道白色的痕迹。

而所有下榻南纪胜浦温泉酒店的游客，都不会错过这里的“忘归洞”温泉大浴场。这座高十五米的大洞窟，正面对着太平洋，而其中乳白色的温泉水，能解除一切疲乏。当年藩主德川赖伦在这里乐而忘返，于是将这处温泉命名为“忘归洞”。浴场门口挂着一只巨大的白色纸灯笼，上面写着“忘歸洞”三字，再无其他缀饰，这名字也确是说明了一切。

浴场有一千平方米的巨大规模，再加上老式的装潢，让我想起《千与千寻》。甚至连体重计都是小时候使用的那种磅秤，为女宾们准备的电吹风大概是其中最先进的配备。

泡进温暖的温泉池，夜风正从太平洋上吹来，在黑色岩壁间打个旋。我听见自己的灵魂满足地叹息一声，所有的零件都停止了运作。

我曾经是因为失去了很珍贵的什么，才满世界走。想要去寻找，想要找到答案，想要找到解脱。却没有料想，找得越辛苦，失去越多。回到家，放下行李，沐浴更衣，然后开始整理书架。把 M 的书全部从书架上拿出来，装进纸箱。除了建筑专业的期刊，他喜欢买天文学的书，偶尔会读来作为消遣，然后漫不经心地放回去，所以它们凌乱地分布在书架的不同层。

整理这些放错地方的书，像整理那些放错了位置的深情和真意。

记得 M 会无缘无故地突然问："你知道天上最亮的星是哪颗，在什么星座吗？"

我想一想才答："我也不知道，长庚？"

他说："不，是天狼，大犬座。长庚是行星，启明星。行星不属于星座。"

原来首先要是一颗恒星，才能属于一个星座。但在这人世间，甚至宇宙洪荒之中，又有什么是永恒的呢？

回到家，发现信箱已经塞满，在各色账单和垃圾邮件里，掉出一只旧信封，打开来，是多年前送给 M 的生日卡片。上面的话，我如今依旧清晰地记得：

亲爱的M：

祝你生日快乐！

你是否也会厌倦这些年漫长的分离，还是在这样的分离之中学会了该如何去理解恒久之意义？

你曾以严厉的态度对待我，因为常常不知道该如何向倔强天真的我解释太多事情的原委。但即便我犯错，遭遇挫折，你也从来不会说“我早就告诉过你”这样的话，你只是沉默，整个天空在你的眼睛里暗淡下来。你总希望我可以经由你的指引，绕过苦痛艰难，更加顺利地前行。

很多用心都是后来才想起来体会到的，就如同许多事，我们也是到后来才懂得的。

不论时间怎样流逝，我都会爱那个少年，带着他的轻愁和心事，心怀慈厚，眼界广大，伴了我人生最美好的一段时候。只一个寂静的侧面，就能叫我满心欢喜。

现如今他在时间里走远了，却总在我心里。

此刻的你我，站得更靠近，要出发去看新的风景。

有你的爱，我便是个快乐无忧虑的人。

Happy Birthday, M. And I love you.

卡片里，是M留下的字条：

这是你三年前写给我的卡片。很抱歉，那些年，因为工作我总是不能在你身旁。也许我早已经没有资格这么说，我多么希望，今年陪在我身边的，依旧是你。我想看着你，帮我将烛光点亮。而我，可以告诉你我心底的愿望。我在门外等了一晚上，知道你不会回来了。我们的故事也已经结束。而这一切，都是我的错。对不起，但是我，依旧想念你。

温泉酒店有种旧时光重来的温馨

胜浦温泉的轮渡在夕阳中来去

南日本海嶙峋的棱角

Chapter 12

以色列 死亡之海

见过死海，就当是死过一回。我在哭墙前对世界上所有的神明说，让我们自由。

我的世界，你来过

信箱里有丹尼尔从法兰克福机场寄来的明信片："我已经离开中东，前往秘鲁。听说你去了肯尼亚，喜欢我送的书吗？"

开门，发现客厅的玫瑰依旧保留在半开的状态，开了灯细看，才发现已失去生机。花店买回来的玫瑰很奇怪，它们常常这样停在半开的那一瞬，却并不枯萎，只是渐渐褪去颜色。枯萎后的玫瑰带着一种特别的香气，久久不散。就像你给我的伤口，无论在时间里等待多少岁月，都依旧是簇新的。

将旅途中穿过的衣服全部扔进洗衣机，我坐在地板上看完《夜航西飞》的最后章节。

最初吸引我的是《夜航西飞》的"遥远"，因为那时候我很年轻，对世界充满好奇。后来吸引我的是它的孤独。独自飞行，独自生活，独自老去。

"可能等你过完自己的一生，到最后却发现了解别人胜过了解你自己。你学会观察他人，但你从不观察自己，因为你在与孤独苦苦抗争。假如你阅读，或玩纸牌，或照料一条狗，你就是在逃避自己。对孤独的厌恶就如同想要生存的本能一样自然，如果不是这样，人类就不会费神创造什么字母表，或是从动物的叫喊中总结出语言，也不会穿梭在各大洲之间——每个人都想知道别人是什么样子。”

而我穿行在各个城市间，只不过是想要逃离感情带给我的伤痛。当我在三万英尺高空想起过去曾有过的甜蜜时光，像是在祭奠所有流逝过去的青春岁月。

晚餐买了许多蔬菜，先把汤炖着，然后埋头切洋葱，切着切着就开始流眼泪。一颗洋葱就能让人泪流满面，却没有一种蔬菜能叫人立即笑出声来。

门铃响，开门竟然是 M。

“路过，看见灯亮着，所以上来了。”

再次见到 M，他增了体重。隔着一张餐桌看他，好像隔了无数岁月，但其实，不过是一年半载。回到厨房继续做饭，M 过来问要不要帮忙，才想起，忘记给他倒水。

只说：“你去客厅坐着吧。”

饭菜做好，不过是比原来计划的多一双碗筷，我不知道说什么，埋头吃起来。分手以后，我多了很多新习惯，比如失眠，比如吃饭越来越快。倒不是要急着去忙别的事，只是迫不及待要尝到食物的滋味。有人说食物的美味要慢慢体会，但愉悦对我来说只是瞬间弥漫开的感动，和时间没有关系——漫长的，只有折磨。

“最近，你总是出门旅行？”

“是。”

“你瘦了很多。”

“你胖了，气色不错。”

“你的生日快到了。”

“是。”

这对话越来越荒芜。

他拿出一只包装精美的硕大纸盒子，递到我面前：“给你的礼物。”我与包装纸及丝带搏斗良久，才将盒子拆开，是一袭红色丝绸长裙。那样明艳纯粹的红色，如同燃烧的火焰。我想起，上一次喜欢红色的时候，才只有十六岁。

那时候有一件红色的短袖汗衫，质料并不好，但胜在凉爽舒适，总在体育课的时候穿。一起跑步的女同学说：你穿红色好看。那时候我最憎恨数学课，数学老师却偏偏喜欢叫我上去在黑板上板书。我带着不能承认的恐惧，小心翼翼地计算着，一笔一画地写。但这些数学题，答对了又有什么用处？如今的我，还不是一败涂地？

“我和她分手了。”M 突然说，好像斟酌了良久。

我停了筷子，说：“真遗憾，还以为，你们好事近了。”

“对不起，我后来才知道，她去找过你。”

“我发现，你对我说得最多的三个字，就是‘对不起’，尤其是分手之后。”是不是说“对不起”要比说“我爱你”，容易得多？

“因为我希望，你能原谅我。”

窗外是葱茏的春天，那温暖的气息由远而近，终至澎湃。这样的季节，整座城市时常明亮而干燥，到处是金色的阳光与盛放的蔷薇。这景象，美到叫人毫无缘由地联想起生命的残酷。

如此美好，又这样短暂。不过一场花开的事。

来来回回这些时候，有些事，我做到了，有更多的事，却没有。比如，我劝说自己要忘记，却一直没有能够做到。比忘却更加没有缘由的事，大概就是原谅。但原谅与忘记不一样的地方在于，原谅要比忘记容易，它是一件我还握有些许主动权的事。当你选择原谅，那些就退到黑暗之中，等于消失。然而，记忆又是在什么时候消失不见呢？

我想我不会忘记，我只是一日日不再常常记得。

M，我想告诉你，曾经多么想要和你携手一生，为你备齐四季衣裳。甚至幻想，如果我们有个乖巧的小女儿，那就要取名叫长安，长长久久、平平安安。但如今这些琐琐碎碎的打算，说出来更像是笑谈吧。

所以我只是站起身来说："累了，想早点休息。谢谢你的礼物。"

"拣尽寒枝不肯栖"，是殊不容易的执着。其实何必？人都是有欠有还，才能相逢。

看书直到凌晨4点才准备睡觉。关了灯，眼睛适应了黑暗，发现外面明晃晃的，以为是满月之夜。在窗口站半天，但却没有找到月亮，才想起来，原是天亮了。我将那条红裙子搁在椅背上，它看起来就像一缕迷路的魂魄。

有段时间总是在大约5点的时候起床，看着窗外天光渐亮，晨风吹来露水的清凉，觉得拥有全部的时间，于是心中充满希望。如今这力量，似乎又开始在我身体里重生。爱过一个人，他也曾对你心怀同样的珍惜。起承转合，一起经过时间。仅是这样，便已觉得值得。

越过彩虹的特拉维夫

飞机再次起飞，加速度将我推向椅背。

机舱门再次打开的时候，迎接我的是特拉维夫的暮色。

听取酒店前台的推荐，晚上到雅法(Jafa)港附近的酒吧闲逛，正好遇上大卫·迪欧(David D'Or)在特拉维夫的小型演唱会，台下座无虚席。坐在我旁边的女士是位记者，她悄悄告诉我，听众席里甚至有特意从耶路撒冷赶来的外国大使。大卫·迪欧宽广的音域可从男低音跨越到男高音，当他用美妙的声线吟唱出具有魔力的歌曲时，台下鸦雀无声。这些古老的歌曲可以追溯至耶路撒冷圣殿中利未人唱颂的圣歌，曾经代代人口耳相传的古老颂唱与祷告，经大卫·迪欧的重新演绎，却充满了现代的激情与活力。

而他的最后一首歌，竟然是《越过彩虹》。当他用温柔的声线唱道："Somewhere over the rainbow…（彩虹之上的某个地方）"我想起从安布塞利前往拉穆的飞行，肯曾对着舷窗下的彩虹对我说："快看，我们飞行在彩虹之上。"不知道，他最心爱的简是否已经顺利产下它的第一匹小马驹。

演出结束，大卫·迪欧穿过人群，在那位女记者身边坐下，一边闲聊，一边接受采访。听说我从中国来，他好奇地问："飞了多久？"

他来自一个爱远行的家族，祖先可追溯至西班牙安达卢西亚，而他的曾祖父曾是利比亚最为显赫的拉比。我问为什么选择《越过彩虹》作为结束曲，同时也是当晚唯一的一首英文歌。

他兴奋地问：“你喜欢这首歌吗？它也是我最喜欢的一首。我曾到纽约为纪念马丁·路德·金的演唱会献歌，演唱会就在他遇刺的广场举行，之前我不知道该选什么歌曲，尽管我一直以希伯来语演唱，但最后我选择了《越过彩虹》这首英文歌，演出结束后，马丁·路德·金的儿子对我说，他父亲生前很喜欢这首歌。”

或许是因为彩虹的尽头，有一个充满希望、没有争端的美好世界。

买好了明天前往耶路撒冷的火车票，在特拉维夫还有半天的空余时间，我让大卫·迪欧推荐特拉维夫的好去处，他想一想说：“你可以去雅法古城，不过古老的港口附近已经兴建了购物区和酒吧区，而古城内则有无数画廊、艺术空间。或者去内夫泽德克 (Neve Tzedek)。”

地中海边的特拉维夫，是以色列的艺术之都，她代表了以色列人心目中的理想生活，实现了无数艺术家的梦想。而内夫泽德克是特拉维夫历史最久的街区，又是最有活力的地方之一。林立有独立设计师店铺，从地中海上吹来的空气也仿佛被施了魔法，充满梦想的甜美气息。与这块区域同名的小小的广场位于内夫泽德克街区的东南面，周围种满柑橘树，每天都吸引当地居民和游客来这里小憩，孩子们喜欢这里的喷泉，大人们喜欢这里的闲适气氛，在广场边的咖啡店买杯咖啡，坐下来慢慢享受时光。

循着音乐声，我误打误撞遇上了以色列现代舞团——茵芭·萍托舞蹈团 (Inbal Pinto Dance Company) 的彩排，舞团的创始人萍托 (Pinto) 微笑着邀请我坐下观看。她同时也是舞团的艺术总监、舞蹈指导、导演，戴着一副老式的圆眼镜，丝毫看不出已经年近四十。音乐响起的时候，我就已经感觉到这个故事很悲伤。两个形影不离的女孩，

FLEURS

远眺圣城

人们在哭墙边祷告

被迫分离，四处飘零，最后伤痕累累。提旅行箱的男人，躲在盒子里的小丑一一登场，他们谁都不说话，只是跟随音乐跳着他们的舞步。

我明白，这是一个自己和自己的爱情故事。关于人生，关于形影不离、无奈、狂欢、隔阂、苦痛、分离、迷失、不完整、难以言表的内心。

最后提旅行箱的男人扛起受伤的女孩，走过千山万水，终于独自站在舞台中央的椅子上。女孩伸出手来，轻轻关上了那盏灯。

爱过，恨过，快乐过，哭泣过，记忆的尸体，生命的行李，他选择统统背负。

耶路撒冷，我们是圣城里的罪人

在耶路撒冷的第一顿饭，是在橄榄山上的一家餐馆吃的意式菜。吃完晚饭出门，道路被封，因为有来访的政界要人经过。

除此之外，在我看来，耶路撒冷是一座寻常的城市，和我去过的很多城市并没有太多区别。或许她的魅力在于，能把一切不寻常的事情变得寻常。街口荷枪实弹的特警们一手冲锋枪，一手午餐盒。哭墙边，穿黑衣蓄长发的犹太教青年主动和你合影，而没有传说中那么严肃。在阿拉伯人区的小巷里买骆驼皮做的拖鞋，突然穆斯林店主摊开地毯，说："不好意思，要祷告了，过会儿和你做生意。"

在迷宫一般的小巷中，我买了一杯石榴汁，坐在阴影中慢慢喝。我就想，把人生看那么复杂干什么，该怎么过，就怎么过吧。

如同其他寻常的城市，这个城市的传奇，不可或缺的是好餐厅和好厨师。那什么样的餐厅和厨师才能与耶路撒冷这座圣城相匹配呢?

整整五十年前的2月初，名叫摩西·巴森(Moshe Basson)的少年在自家后院种了一棵桉树，因为那天是犹太节日Tu Bishvat，意思是“树木的新年”。后来举家迁徙，少年长大成人，那片叫塔皮奥特(Talpiot)的区域也发展成繁华闹市，只是院子里的桉树依旧还在，默默成长。1987年，摩西·巴森的弟弟买下桉树周围的房子开了餐馆，并将餐厅命名为The Eucalyptus（桉树）。对烹饪有自己独到见解的摩西·巴森很快成了餐厅的大厨。他的另一个爱好就是野生蔬菜和植物。

1948年，耶路撒冷被包围期间，由于物资匮乏，许多野生植物被当作家常蔬菜食用，但随着以色列经济的发展，人们忘记了那些野菜。但摩西·巴森没有，味觉敏锐的他牢牢记得那些野菜的独特味道，就像他清楚记得小时候，阿拉伯邻居家飘出的不同于犹太菜肴的味道。所以他开始利用自己大厨的身份优势，开创独有的菜式。

摩西·巴森的特立独行并没有让桉树餐厅的生意受到影响，相反，似伯乐般独具慧眼的老饕们纷纷前来，挤在小餐厅里吃饭。他们中有工厂工人、计程车司机、律师、大学教授和法官。摩西·巴森对野菜和药草情有独钟，他总是在犹大山和耶路撒冷著名的马哈耐·耶胡达市场(Mahane Yehuda Marke)寻找与众不同的食材。一次，他在犹大山的山间小路上寻找新的野菜时，发现了一根形状奇特的拐杖，细看才发现那是一根顶端扭曲的树枝，形状和《圣经》中记载的摩西手杖十分相似。他将这作为一个启示，开始更详细地研究《圣经》记录的植物，并将它们当作食材。

经过摩西·巴森的努力，受《圣经》启发的菜系在桉树餐厅诞生了，而原材料都是《圣经》中提到的食物和香料：石榴、无花果、小麦、桑树叶、橄榄、番石榴、葡萄、藏红花、茴香、芥菜、芫荽、肉桂……摩西·巴森也逐渐成为圣经菜肴的专家。

有评论说，艾利泽·本·耶胡达复兴了希伯来语，而摩西·巴森则在现代社会中复原了《圣经》里的厨房。摩西·巴森代表以色列获得了无数国际烹饪奖项，其中包括意大利的库斯库斯烹饪大赛冠军（World Couscous Championship），以及慢食大奖（Slow Food Award）。如此盛名之下，摩西·巴森最爱做的事情，依旧是在领奖间隙，去探索异国他乡的山林和当地菜市场，期待发现另一种能令他心动、令食客欣喜的食材。

于是，桉树餐厅又在耶路撒冷老城区开设了新分号，就在约帕门对面，顶楼阳台能眺望耶路撒冷旧城的制高点：大卫塔。

我是带着朝圣的心情前往的，却发现这间阳光明媚的餐厅质朴好客，侍应生在上菜前端来很多野菜和蔬果，一一解释它们的名字和特点。摩西·巴森却显得有些“不务正业”，他拿出收藏的耶路撒冷老照片，并把它们放在类似望远镜的架子上，因为左右眼的透视原理，原本二维平面的老照片有了景深，让观看者仿佛走进了古老的耶路撒冷。

头盘“耶路撒冷圣徒”是九个蔬菜卷，分别由葡萄叶和花椰菜叶包裹地中海风味的酸橘汁腌鱼，还有无花果塞肉。主菜叫 Makloba，米饭与鸡肉、胡萝卜、茄子、土豆以及藏红花一起炖，饭上桌之前，厨师高喊着敲响铜锣，餐厅里一片欢腾。这是吃 Makloba 前特有的仪式。

而最叫我难忘的两道甜点，一道叫“伊甸园之冰”，尝一口，品出是淋了石榴汁和木槿花汁的雪白布丁，布丁是用小麦粉制作。还有一道叫“奶与蜜之地”，耶枣蜜与牛奶编织出绵密美丽的花纹，搭配糖水腌渍的梨，吃了让人觉得幸福满足。

我问摩西·巴森如何从《圣经》的文字中得到灵感，将遥远的故事变为一道道真实的菜肴。他说，他觉得那些圣人与神灵并未远离，每次当他独自在犹大山漫步，就能感觉到他们的气息，那些念头就会逐渐在脑海成形。而那根神似摩西手杖的树枝对摩西·巴森来说，就是某种神迹，是无与伦比的鼓励，支撑他经历很多艰苦岁月。现在，这根树枝依旧安放在桉树餐厅里，和许多古老的炊具一起，守护着餐厅。

“要相信神明，以及奇迹。”告别的时候摩西·巴森握着我的手说。到哪吃，吃什么，其实说穿了也就是一顿晚餐，饱了就好。但大厨摩西·巴森的头盘是“耶路撒冷圣徒”，两道甜点是“伊甸园之冰”和“奶与蜜之地”。这样的菜单，除了耶路撒冷，你还能在哪里看到？我最爱的《圣经》章节是“传道书”，里面写道：“已行的事，后必再行。日光之下并无新事。”摩西·巴森给这句话带来一种美好的、充满希望的诠释。

告别好客的大厨，我带着一瓶矿泉水和一瓶喷雾前往死海，仿佛一个手无寸铁的士兵迎战整个罗马军团。

我站在马萨达(Masada)的围墙上，面朝峡谷的方向，还想继续往前走，却被一直暗中关注的向导大声喝止。峡谷中盘旋的鹰会突然石子一样迅速下坠。

这座建在高山之上、荒野之中的城堡，是犹太人最后的堡垒。他们聚集雨水，储存干果，看着罗马人在山下安营扎寨，一守就是两年。这两年里，罗马人终于填满了山谷，建起庞大的战车，随时准备敲开他们的城门。于是犹太男人将自己的名字写在石块上，投进陶罐，抽到名字的人要让其他人帮他杀了全家。最后，他们留给罗马人一座空城，只有两个女人、五个孩子被带到罗马，讲述攻城前夜发生的故事。阴凉处，有个女生正在给朋友们诵读这段历史，企鹅版的《犹太人的战争》。

M，你能想象那种绝望吗？

坐缆车下山，我继续向死海进发。扑面而来的，是什么都没有的死寂。只有炎热。

谁曾想，一片了无生机的死亡之海，也曾是埃及艳后当年的私人SPA 场。

当我向裴明告假的时候，他说："见过死海，就当是死过一次，很多事可以重新开始。"

在结束的地方开始，这是乐天派的思维方式。我只希望，那些结束了的，永远不要再重来。

桉树餐厅，进餐像一种神圣的仪式

客西马尼园，耶稣曾在这里祷告

耶路撒冷，我们是圣城的罪人

Chapter 13

米兰

最后的晚餐

我回到这段旅行的起点，去看《最后的晚餐》。
这是最后的告别，我终于可以重新去爱了。

起点，终站

从特拉维夫到罗马，不过四小时的航程。然后，我想起 M：我曾想在佛罗伦萨终老，你知道吗？

佛罗伦萨，在意大利文中写作 Firenze，意为“繁花之地”，这便是徐志摩诗作中的“翡冷翠”。

昏黄的夕阳下，钟声荡漾，鸽群四散开又聚拢来。阿诺河里，在进行皮划艇比赛，人们站在桥上或者河边观看，掌声和口哨响成一片。一切都有完美的意味，似乎是电影里才有的场景，不真实的，反而是你自身的存在。你是醒着，还是在梦中呢？

古老的建筑和雕塑都还留在最初创造它们的时代，无视时间的步伐。寄居其间的人，都只能带着仰望的姿态。生命短暂且美好。无数艺术家在这里功成名就，也有更多的艺术家在这里折戟沉沙，再不能从评论家无情的批判中抬起头来。

如花美眷，似水流年。所以，在你可以享受的时候，千万不要犹豫。

也是在这里，年仅二十岁的达·芬奇采用油彩画法，取代传统的蛋彩画法而技惊四座，使得他的天赋超越了同时代的所有画师，也导致他的导师韦罗基奥自此封笔。如今，在佛罗伦萨的乌菲兹美术馆，你依然可以看见达·芬奇画在画布左角的天使形象，是怎样鲜明光彩，超越了画布上其他人的创作。但这张画，也似乎预言了达·芬奇在这座城市，甚至在这个世界上的命运。他太杰出了，所以不能够轻易找到同类，也不能被随意镶嵌进那个时代。在佛罗伦萨，成名不久的达·芬奇因他的同性倾向而受到指控，虽侥幸逃过了死刑的惩罚，但爱情的背叛使他对这个给了他最初声名的城市心灰意冷。他成了一个沉默多疑的人，并在他三十岁的时候北上米兰，在那里完成了《最后的晚餐》。

达·芬奇最后的岁月是在远离佛罗伦萨的法国宫廷里度过。

1438 年，另一个人在这里领略了佛罗伦萨的冷漠。拜占庭君主约翰八世航行七十七天，来到威尼斯，然后转道佛罗伦萨，希望通过与罗马教廷的谈判，使得西方同意派兵支援，解救饱受土耳其威胁的拜占庭。佛罗伦萨人惊艳于约翰八世希腊风格的装束，而将其拜访过程事无巨细地描绘在梅第奇家族的壁画上。最后的谈判就是在当时刚落成的佛罗伦萨大教堂中进行，信奉东正教的约翰八世受困于土耳其人的军事威胁而屈从了罗马教廷的大部分要求，引来拜占庭朝野哗然。但是西方却没有实践他们的诺言，也从来不曾派出支援，在约翰八世的最后记忆中，佛罗伦萨必然是个冷酷无情、背信弃义的城市。君士坦丁堡于 1453 年陷落，但是约翰八世的着装风格却影响了佛罗伦萨的审美潮流长达一个世纪之久。

是的，佛罗伦萨的血液中，潜伏着某种残酷的特质，又或者那只是人性中不能避免的黑暗。电影《汉尼拔》(*Hannibal*) 在这里完成大部分拍摄，这个城市的暴力与美得到极致的阐述。想抓住食人教授汉尼拔赚取丰厚佣金的意大利警探派扒手跟踪他，却被汉尼拔觉察而刺中腰部动脉，警探发现他时，那个扒手已经在小巷中奄奄一息。警探看着他流血过多而亡，然后镇定地走到野猪雕塑的喷水池边清洗手上的血污。这只黄铜铸成的野猪被游客认为是财富的象征，人群簇拥在它四周，将钱币在它的鼻子上擦一下，然后扔进下面的喷水池，相信这样就可以有财运。后来汉尼拔将这个利欲熏心的意大利警探开膛破肚推出阳台，而背景，正是矗立着大卫雕像的海神广场。

我站在野猪喷水池边，看着它被摩擦得锃亮的鼻子，而海神广场也只在几步之遥。金钱、鲜血、利益以及享乐。究竟残酷的是佛罗伦萨还是人类本身？

我在繁花圣母教堂边的小店里买了一块手烧瓷砖，靛蓝的底上，绘着粉色的十字花图案——佛罗伦萨的徽章。店主是个黑发的女孩子，会讲一点点英文，将那方小小的瓷砖用气泡塑料纸仔细裹起来，然后用胶纸固定，再放进印着教堂图案的纸袋，最后装进同样图案的塑料袋中，才微笑着交到我手上。而在每年的6月24日，纪念文艺复兴的原始足球赛也是在这教堂前的大广场上进行，比赛没有规则，野蛮的人群为了赢得比赛而厮杀搏斗。在古代，代价往往是生命。

慈善与残酷之间不过是咫尺之遥。

钟声依旧不断响起，在云端荡漾，空中有鸽哨的声音，阿诺河波光粼粼，划船比赛已经结束，人群四散去。而我也启程，追寻达·芬奇的

《最后的晚餐》

脚步，前往这场流亡的终点：米兰。

向北的列车上，天空显出青灰色，清澈悠远，空气里那种纯净味道，让人觉得好像人类社会消失了，天地之间只剩下这列亮着白色灯光的火车，行驶在无垠的墨绿色的山谷间。我想起 M，想起他说：“我总是希望你能原谅我。”看着窗外掠过的风景，我想上帝的仁慈在于，他只让我们知晓我们曾多少次地相遇，却并不告知我们曾多少次地错过。在生命的无尽旷野之上，我们没有相遇，只是擦肩而已。越走越远，终于无处告别。但是那些短暂的相聚却在时间的河流里凝成琥珀，辗转反侧里，念念不忘。

在我们生命中，有些人，再不能回到相识的最初。但是，我们会记得。

给自己的礼物

下榻的小旅馆，正好也叫达·芬奇，离机场并不远。旅馆的餐厅，当然是叫蒙娜丽莎。清晨步行十多分钟，搭火车进城，售票员英语很好，而且超级友善热心，仔细嘱咐我应该在哪里下车。我混在米兰的上班族中，听见报纸翻动的声音，车厢里有咖啡与油墨的香味。

因为旅馆没有干洗服务，干净衬衫都快穿完了，胶卷也已经告罄。我已经接近旅途的终点。

不过是清晨，但圣玛利亚感恩修道院 (Milan Santa Maria delle Grazie) 外已经排起了长队，为了一睹《最后的晚餐》。车站那位好心的售票员事先提醒过我，这需要预约，而且有人数限制，关键时刻或许要使出哀兵策略。前面一对英国小夫妻不知道哪里听岔了，说："什么，排到12月了？"其他排队的人一片惶恐。而我只是想，如果真的遇不到，也是命运。好在，最终大家都买到了票，且不用等到12月，稍等片刻就能入内参观。

教堂里的自动门不是感应的，而是限时开合。一道道门，一遍遍等，像是在接受最后的审判。最后一道门在我面前打开，终于到了。

1470年，公爵卢多维科·斯福尔札打算扩建修道院，年轻的达·芬奇也参加了设计工作。1495年，扩建完成，达·芬奇终于能够开始绘制他构思良久的作品：《最后的晚餐》。使用的，正是他在佛罗伦萨时期发明的蛋彩与油彩混合颜料。这种脆弱的颜料不仅要抵抗时间，还要抵抗战火。18世纪末期占领米兰的拿破仑，曾在这里养马。而在1943年的"二战"轰炸中，因为军方和民众的全力保护，这里才得以幸存。

和许多人一样，我对画中景象了然于胸：长餐桌旁，依旧坐着十二个门徒。遭背叛的耶稣坐在餐桌的中央，他以一种悲伤的姿势摊开了双手，但他的神情却如此平静，只是静静直视着所有仰望的人们，仿佛在说：他什么都明了，所以什么都原谅。

我在长椅上坐下，隔着五百四十年的时光，凝视耶稣的面庞。

在他遭到背叛的那个晚上，他说："这是我的身体，为你们舍的……这杯是用我的血所立的新约；你们每逢喝的时候，要如此行，为的是纪念我。"

走出修道院，天空里挂满灰色而巨大的云朵。尽管初夏，但是我依

多年不见，麦斯基在米兰街头的海报上流出了蓝色的眼泪

旧穿着厚厚的外套。走过米兰的街道，前往米兰大教堂。路过一面贴海报的墙壁，其中一张是麦斯基(Maisky)演奏的巴赫协奏曲。他发行的演奏作品，常常有他的呼吸声。大学时代喜欢听着入睡。多年后在异乡的街头看见他的面容，发现他流出了蓝色的泪水。而旁边的海报上则写着霓虹粉色的标语：I am still in love with you(我依然爱你)。想起远在千里之外的你，满脸都是泪。

时光流逝了，但是爱与痛留了下来，不能被淡忘。M，对于你，我还是爱的吧，所以只有靠远行与你保持距离。

你知道吗，在爱里，本没有好与坏，也没有是与非。因为被爱的人，总是可以在爱他的人心里摆脱道德的审判。我不恨你，但是却开始想要忘记你。是不是这一路太漫长，终让我变得冷酷?

在米兰大教堂的圣坛前，我点一支白色蜡烛，就当是与你告别。

人生这么远这么大，怕我们是再没有与原来的彼此相逢的时候。天空里没有恒星的恒心，只有风雨的无常。

烛光跳动，仿佛天使挥动羽翼，流星坠落如雨。而我，终于可以原谅你，同时给我自己最珍贵的礼物：自由。

再版后记

假如可以战胜时间

你好吗？在时间的这一头，我们又相遇了。

《分开旅行》这本书对我来说很珍贵，它允许我走进一个比日常生活更广阔的世界，这个世界并不永远花团锦簇，多的是漫漫长夜与呕心沥血依旧一无所得的痛苦。但确实有花开的时候。

我曾经是更拘谨的人，办公室抽屉里常备着一件替换的白衬衫。倔强地实践着一以贯之的自我。更年轻一些的这个我总是不快乐，因为快乐太容易了。容易的事，没意思。

后来我才知道，哭着逃避，不如笑着沉默。我们要应付的，不过时间而已。

父母曾希望我学医，在发现我对理科并无太大兴趣之后，也曾希望我能以教学为生。他们的期望是我能习得一门不过时的手艺并借此过得安稳。在“过得安稳”这件事上我未能达成他们的目标，很长时间里过着居无定所的生活，并喜欢远行。但在“习得一门手艺”上，我确实逐渐学会了写一点东西。即使不能像医生那样诊治救助病患，却也确实给读者带去过一点精神上的慰藉，为他们的孤独提供陪伴。为他们的无聊提供消遣。至于教书育人这事，我想，我和读我书的人，可以共同成长。通过分享我看见的世界，给大家一点应对人生的参考；在照顾自己、努力生活这事上，给一点潜移默化的影响。

这辈子我不会再有拿手术刀的机会，可一支书写流畅的钢笔握在手里时给我的安稳感是一样的：我赋予笔下的人物生命，看他们经历悲欢，他们的故事被阅读，或许还会被记得、被讲述。当我离开这个世界之后，可能某天有人会在某个书架上发现一本蒙尘的旧书，他不知道封面上那个陌生的名字是谁，但依旧愿意花点时间浏览她写下的文字。我得以暂时逃脱时间，再次存在。

在诸多与时间对抗的技艺中，写作大概是最简单的一种。从事这份工作只需要你可以抵抗孤独：大量时间的独处，不间断的阅读，自我否定过程中获得的自信。我喜欢这种不张望的专注，并决定在写作以及与时间的对峙中，贯彻始终。

我是在伦敦的巴士上决定再版这本书的，那是一个急雨刚停的午后。深秋的伦敦树叶红得像在烧，身边的座位上是之前的乘客留下的蓝色圆珠笔和赛马投注单，投注单涂涂改改。生活里各种惊喜与失望，我们都想要多一点点运气。能在十年前凭借青春的勇敢与坦率写了《分开旅行》这本书，对我来说就是买到一张彩票，我拿它兑现了一段自由的时光，一种想要的生活方式。这本书也是枚书签，夹在生活这本影集、账簿与草稿本那些杂乱的书页之中，虽微小却永不被淹没，它总在提醒我，爱与离别，是生命中最浓烈的色彩。当去岸渐远，你可以推说一切是无常命运，也可以坦然承认它们是无解习题：当我们热切地看过了这个世界的荒凉，会发现暗淡之中自有光亮。

图书在版编目（CIP）数据

分开旅行 / 陶立夏著 . -- 杭州 : 浙江文艺出版社 , 2017.6（2025.8 重印）

ISBN 978-7-5339-4920-4

Ⅰ . ①分… Ⅱ . ①陶… Ⅲ . ①散文集 – 中国 – 当代 Ⅳ . ① I267

中国版本图书馆 CIP 数据核字 (2017) 第 140258 号

责任编辑：瞿昌林
责任印制：张丽敏

分开旅行
陶立夏 著

出版 浙江文艺出版社
经销 浙江省新华书店集团有限公司
印刷 三河市嘉科万达彩色印刷有限公司
开本 700 毫米 ×1000 毫米 1/32
字数 172 千字
印张 9.75
版次 2017 年 7 月第 1 版
印次 2025 年 8 月第 11 次印刷
书号 ISBN 978-7-5339-4920-4
定价 58.00 元